JN088371
誰にも懐かないソロギャルが
毎日お泊まりしたがってくる
2
著—あさのハジメ
ill.—ただのゆきこ

Contents

「……好きなだけ、
見てもいいんですよ？」

「私も俺のこと、
好きだよ」

堀内
ほりうち ことり
ことり

鈴原（すずはら）綺奈（あやな）

誰にも懐かないソロギャルが毎日お泊まりしたがってくる２

あさのハジメ

MF文庫Ｊ

Characters

街川 庵（まちかわ いおり）

高校１年生。
漫画やゲームが
大好きだが、とある
理由から学校では
陽キャグループに
所属している。
家事全般が得意。

「二人きりのときは
『綺奈』って呼んでいい？」

鈴原 綺奈（すずはら あやな）

「俺くんに名前で呼んでもらうのは、
大好きです」

高校１年生。
現実の友だちが
一人もいない。
あだ名はソロギャル。
ネットの親友である
庵とルームシェア
することに。

堀内 ことり（ほりうち ことり）

「庵が実の兄じゃなかったら、
好きになってたかな」

庵の双子の妹で、クラスメイト。
いつも笑顔で面倒見がいい。
名字が違うだけで庵とは
血がつながっているはずだが……。

本文・口絵イラスト：
ただのゆきこ

第1話　ソロギャルと休日を

「話しかけてこないでください。私、あなたみたいなオタクが世界で一番嫌いなんです」

　今年の6月。

　隣の席の鈴原(すずはら)さんにあいさつした途端、街川庵(まちかわいおり)は実に鮮やかな口撃(カウンター)を被弾した。

「気にすんな庵」

「ソロギャルじゃ仕方ないって！　あいつが笑うとことか想像つかねえしさ！」

「死ぬほど美人だけど、クラス全員に塩対応だもんなー」

「エグいくらい協調性ゼロ。先週の調理実習で同じ班になったけど、あいつのおかげで空気死んでてマジ詰んだぜ……」

「あーあ！　鈴原さえいなけりゃうちのクラスもっと楽しいのによぉ！」

「学年一綺麗(きれい)だけど、それしか取り柄ねえしさ！　庵もそう思うだろ!?」

「いや、鈴原さんが塩対応なのには何か理由があるんだと思うよ」

　放課後の教室。

　クラスメイトたちと雑談しながら、つい鈴原さんへのフォローを入れてしまった。

　周囲の顔色を読んで合わせるのがオープンオタクこと街川庵の処世術(ライフスタイル)。

けど、大勢で陰口を叩くのは大嫌いだった。

(きっと昔を思い出すからだな)

「うおっ、さすが庵!」「紳士すぎだろおまえ」「あそこまで貶されたのに気づかうとかさ」なんて声を聞きつつも。

小2のときにいじめに遭っていた記憶が鮮明にフラッシュバック。

彼らは今のような悪口を教室に俺がいるのにも構わず、嘲笑を混ぜながら大声で語っていて……。

&

「街川くん、大丈夫ですか?」

心配そうな声で目が覚めた。

ぼやけた視界に映ったのは我が家のリビングダイニング。

空色のエプロンを身に着けた同居人。

「ごめんなさい、起こしてしまって。なんだかうなされてたので」

鈴原綺奈。

夢の中でソロギャルなんて呼ばれていた彼女は、明るい髪を揺らしながら心配そうにこちらをのぞきこんでいた。

「ありがとう。少し嫌な夢を見てたから、起こしてくれて助かったよ」

ソファに横になっていた体を起こしてから、大きく背伸び。

その拍子に体にかけられていた毛布がフローリングに落ちた。

「これ、キミが？」

「はい。憶えてますか？　昨日二人で『ROSSO』を観ていて」

「ごめん。観ながら寝ちゃったんだね」

「謝る必要はありません。夜遅かったですし。それに、その……」

「どうかした？」

「……なんでもありません」

鈴原さんは新雪みたいに繊細な肌をほんのり上気させてから。

「朝ごはんできてますよ」

キッチンから二人分の朝食を運んできた。

ほんのり甘い優しい香りが鼻をくすぐる。

日曜日、時刻は午前11時すぎ。

お皿の上に載っているのは、ブランチにぴったりの焼き立てスフレパンケーキ。

俺たちのルームシェアが始まってから1ヶ月半。

俺がサポートしながら鈴原さんが食事を作る回数も増えた。

細かいところを失敗しちゃうことも多いけど、腕前は徐々に上昇。

そして、今日は彼女一人で初めて朝食を作ることになってたんだけど……。

「ごめんなさい」

同居人はシュンとしていた。

「昨日丁寧に作り方をレクチャーしてくれたのに、何個かひっくり返すときにフライパンにくっついて、形が崩れて」

「気にすることないってば」

「街川くんは綺麗な方をどうぞ。失敗作は封印します。私の胃に」

「古の魔物みたいに扱うのはやめようよ？」

「ですが」

「綺麗なヤツだけじゃなくてそっちも食べさせて？　ほら、前に言ったでしょ？　色んなことを共有しようってさ」

『これからはただルームシェアするだけじゃない。――辛いこと。哀しいこと。うれしいこと。楽しいこと。色んなことを二人で共有し合いながら、一緒に成長していこう』

あの言葉があったから、俺たちはルームシェアを続けてるんだと思う。

鈴原（すずはら）さんは学校では孤高のソロギャルだけど、実はオタクでシャイな人見知り。

自分に自信が持てない。

自己肯定感が低いことが悩みだ。

俺は色々なことを共有（シェア）しながら、親友に自信をつけてあげたい。

「失敗と成功は誰かと共有した方がいいよ。そうすれば失敗の辛さは半分以下に、成功の喜びは二倍以上になるでしょ？」

「相変わらずポジティブですね」

「合理的に考えてるだけ。失敗の辛さが減れば次に挑戦するとき失敗を恐れずに進める。だからどんどん共有して？　その方が俺もうれしいしさ」

「前言撤回します。ポジティブなだけじゃなくて、すごく優しいです」

ありがとうございます、と頬（ほお）を緩めてくれた。

「トッピングはどうします？」

苺（いちご）。林檎（りんご）のキャラメル煮。バニラアイス。チョコレートソース。

冷蔵庫に控えていた甘味の精鋭たちがソファ前のローテーブルに出撃。

「アイスと林檎にしよっかな」

「では盛りつけちゃいますね」

「それくらいは俺がやるよ」

「せっかくの日曜日。ゆっくりしてください。最近は綾坂祭の件でもたくさんお世話になってますから、お礼がしたいんです」

綾坂高校文化祭を盛り上げる1－Aの文化祭実行委員は、俺と鈴原さん。


と言っても、最初は女子の実行委員はことりが担当していた。

しかし、1週間前のLHRでことりから「クラス委員の仕事もあるし、やっぱり兼任はちょっと厳しいかも」と申し出が。

そこで引き継ぎ役として立候補したのが鈴原さんだったわけだ。

「未だに悩みます。本当に私でよかったんでしょうか？」

「もちろん！　ことりは部活もあるしね」

そしてここだけの話、俺とことりは鈴原さんを文化祭実行委員にしたいと画策していた。

(自信をつけるのに効果的なのは、新しい挑戦)

さらには成功体験を得ること。

実行委員の仕事を全うできれば鈴原さんは大きな達成感を得る。

さらにはクラスメイトとも触れ合う機会が増え、友だちができる確率が上がる。

だから、ことりから鈴原さんに「兼任はキツいよ～」と話をしてもらった。

その後で男子サイドの実行委員である俺から「代役に立候補してくれない？」と提案するつもりだったけど……。

『私でよければ、ことりちゃんの代わりに実行委員をやるのはどうでしょうか？』

鈴原さんが自分から申し出てくれたんだ。

親友いわく「昔の私なら実行委員をやるなんて考えもしませんでした。でも街川くんやことりちゃんの負担を減らせればと思って」とのこと。

そして俺とことりの了承を得てから、ＬＨＲで立候補したわけ。

文化祭実行委員は多忙なせいか誰も立候補しなかった。

前任者のことりも「綺奈ちゃんなら適任！」と太鼓判を押してくれたことで無事就任。

「実行委員になれたのは街川くんが『鈴原さんとならいい仕事ができる！』ってみんなを説得してくれたおかげでもあります」

「心の底からの本音だよ」

「精一杯がんばって、必ず結果を出してみせます。今はまだクラスのみんなと……特に松岡くんや西野さんと話すのは苦手ですが」

「大丈夫。俺もサポートするし、相談にだって乗るから」

鈴原さんと実行委員をやるのは楽しいしさ。

(ただ、色々と準備は必要)

誰にも懐かないソロギャルが文化祭のリーダーになった。

そのことを快く思ってない派閥もあるのだから。

「なぜここまでしてくれるんです？　9月にもあなたは行き場のない私を助けてくれました。このお家にもお泊まりさせてくれています」

「決まってるじゃん。俺たち親友でしょ？」

いや、俺が力になりたい理由はそれだけじゃないよな……なんて考えつつも思考を読まれないために笑顔でごまかす。

「今月の宿泊費はこのケーキということで」

「ずいぶん安上がりな大家さんですね」

「他にも報酬はもらってる。鈴原さんが実行委員になってくれて命拾いしたし」

「そこまで？」

「鈴原さんは見たよね、俺が描いた模擬店の看板ラフ」

「え、えっと、味があっていいと思いましたよ!?　なんというか、4歳児が初めて作ったお好み焼きみたいなカオス感があって……！」

「フォローありがとう。絵を描くのはホントに苦手でさ。鈴原さんが代わりにデザインしてくれて助かったよ」

感謝を伝えつつ、トッピングが載ったパンケーキを受け取る。

二人でダイニングソファに座ってから、ふわふわの生地にフォークを入れ、アイスとキャラメル色の林檎と一緒に味わう。

「——ああ。ダメだ。この美味しさは背徳的すぎる」

焼き立てのふんわり生地。

溶けかけのバニラアイス。

さらには林檎の甘酸っぱさが、口の中で極上のマリアージュ。

休日の遅い朝にこんな豪華なブランチをご馳走してもらえるなんて。

あまりにも幸せすぎて思考がとろけそう。

「もっと食べたい！　甘いものの取りすぎは体に悪いけど、今日だけは特別！」

「喜んでもらえてホッとしました。あ、コーヒーもどうぞ。甘いものを食べるときはブラックがいいんでしたよね？」

微笑みながら、鈴原さんがマグカップを差し出してきた。

それから思い出したようにエプロンを外す。

身にまとっているのは、どきりとするくらい肩が大きくさらされた白のオフショルダーニットとタイトな黒いスカート。

明るい髪と耳のパールピアスにマッチしたギャルっぽい秋コーデ。

『ソロギャル』のあだ名通り、クールなファッションだけど、

「たしかに背徳的なお味ですね。ふふっ」

服装とは真逆なあたたかで淡い微笑み。

苺とチョコレートソースに彩られたパンケーキに、学校ではクールな表情が幸せいっぱいに緩む。

（ホント、半年前からしたら考えられないよな）

あそこまで拒絶されたクラスメイトと自宅のソファで食事をとってるなんてさ。

「苺は賞味期限がもうすぐでしたので、今日全部食べちゃいましょう」

「だね。あ、テレビでも点ける？」

「でしたら昨日の続きを見ませんか？」

「『ＲＯＳＳＯ』の８話？　いいね、あの回大好きなんだ！」

「私も今期一番のお気に入りです」

テレビに映し出されたのは今季注目の百合系ガンアクションアニメ、『ＲＯＳＳＯ』。

特に先週放映された８話はネットでも神回と評判だったっけ。

「やっぱりこの回シナリオ構成がいいよね。７話で張った伏線を回収してラストの引きとして活用してるしさ。あと『ＲＯＳＳＯ』は台詞回しが上手い。キャラの細かいこだわり

をさりげなくアピールすることで、人間らしさを出してる」

「作画も神です。8話は有名なアニメーターさんが作画監督に入ったとか」

「おお。内容も日常回で癒されるよね。7話の『バニーガール狂騒曲』も好きだけどさ」

「アニメイベントにバニーコスで潜入するとんでも回でしたね。というかやっぱり、街川くんはバニーガールが好きなんですね」

たしかに以前DMでバニーガールの魅力について力説したっけ。

もちろん親友が同性だと思ってたころに。

うん、相手がクラスメイトの女子だと知った今では、とんだやらかしだ……。

「『一家に一着バニーガール衣装が支給されれば日本の少子化も食い止められるかもしれません』と言ってました」

「一応言っておくけど、それ冗談だからね？」

「じゃあ好きじゃないんですか？」

「いや……好きだけどさ。キミだって『どうせなら逆バニーも配備しよう！』って同意してくれたじゃん」

「そ、そんなの冗談に決まってるじゃないですか!?」

「その割にはノリノリで逆バニーのイラストを描いてくれて——」

「そういえばっ！」

頬を赤らめながらも、鈴原さんは話題を変えるように、

「7話の予告でリコママのキャラデザが初公開されたんですよね！」

「うん。今風なデザイン」

「近年流行っているヒロインをそのまま巨乳&高身長に改造したようなママですね。この8話の娘との再会シーンもよくて……あ、この食事シーンも大好きです！」

「パンケーキを作ることにしたのも、二人が食べてたからだっけ」

「トッピングもお揃いにしました！」

パンケーキを見せびらかしながら微笑む同居人。

画面ではヒロインであるリコが母親にパンケーキを振る舞われていた。

先週の放送をリアタイしたとき、鈴原さんが「うらやましい」って言ってたんだっけ。

「あ、そうだ」

鈴原さんは皿に載ったパンケーキをフォークで小さくカットしてから、

「……どうぞ。あ、あーん」

頬を薄っすらと上気させながら、差し出してきた。

「ありがとう」

作り笑顔で照れくささをごまかしながら、パンケーキを頬張る。

ただ、全然味がわからない。

驚きとうれしさでお腹じゃなくて胸がいっぱいになる。

「まさか食べさせてもらえるとは」

「えっ……憶えてないんですか？」

なぜか鈴原さんがすねたように頬をぷくっと膨らませた。

そして、スマホを操作して、

【もぉＩＯＲＩ！　昨日の夜ぼくに言ってたじゃん！】

口では言いにくいことなのか、ＤＭを送ってきた。

現実とは違う男の子みたいなしゃべり方。

フォロワー50万人を誇る神絵師・サバトラ。

俺のネット上の親友であり、一緒に漫画制作をするパートナーとしての姿。

【リコがリコママにパンケーキを食べさせてもらうシーンを見て『たまにはあんな風に甘やかされてみたいよね』って！】

【だから食べさせてくれたんですか？】

【そうだよ～！　恥ずかしいの我慢してやったのに～！　今日はＩＯＲＩに甘えてもらうＤＡＹにしようと思ったのにさ～！】

【どんなＤＡＹですか】

【ＩＯＲＩの希望をなんでも叶える日だよ！　いつもはぼくがキミに甘えちゃうことが多

いから、そのお返し！】

【たしかにサバトラさんって家ではすごく甘えたがりですよね】

【う……そこまでじゃ……】

「週に3回はおかえりのハグをねだってくるのに？」

隣ですねるオタ友が可愛すぎてつい地声でからかってしまった。

鈴原さんは恥ずかしそうにニットの裾をきゅっと握りしめ、小声で抗議。

「……街川くんが悪いんです」

「えっ」

「あなたは私のたった一人の親友。一緒にいるとすごく安心するんです。だからつい甘えたくなってしまって」

「そ、そうなんだ」

「そ、そうです。私が甘えたがりなんじゃなく、あなたが甘えさせたがりなんです」

「日本語としておかしくない？」

「とにかくっ。私が甘えちゃうのはあなたのせいです。あなたじゃなかったら、絶対にあそこまで甘えたりしません」

恥ずかしい台詞を言ってる自覚があるのか、鈴原さんは耳の先っぽまで赤くなった。

「あなたはスーパーナチュラル女たらしくんですし」

「将来結婚詐欺師にでもなりそうなあだ名つけないでよ」

「この前もことりちゃんがＬＩＮＥをくれましたよ？『最近庵とすっごく仲良くしてる人がいるの！　もしかしたら付き合っちゃうかも！』と」

「？　心当たりないんだけど」

「名前までは聞けませんでしたが『庵もまんざらでもない様子でさ』と言っていました」

「は？」

「……まんざらでもないんですか？」

むうっと頬を膨らませてご機嫌ナナメな鈴原さん。

俺が最近仲良くしている人って……誰だ？

本当に見当がつかないぞ。

「ことりの勘違いだと思うよ？」

「ホントでしょうか。陽キャイケメンさんはおモテになりますからね」

「俺が一番仲良くしてるのは間違いなくキミだ」

「……まあ、たしかに」

「彼女ができてキミとの関係をおろそかにすることはないから、安心してほしい」

「あ、あなたを振り向かせるためだけに甘えて欲しかったわけでは……ほら！　最近街川くんは綾坂祭のお仕事で忙しいでしょう？　少しでも甘えて疲れを取ってほしくて」

同居人の気づかいに胸の中が温かくなった。

なので羞恥心を笑顔で隠しつつ、

「あのさ。頭なでてもいい？」

「なっ……なぜ急に!?　まさか昨日の仕返しじゃ……！」

「昨日？」

「あ、その、わからないならいいんです。ただ、どうして突然？」

「俺の希望はなんでも叶えてくれるんでしょ？　綾坂祭の準備で忙しいのはキミも一緒だし、ねぎらってあげたい」

「ああ、なるほど。そういう理由ですか」

「照れてるキミってかなり可愛いしさ」

「こ、これだから陽キャは！　またそんなお世辞を言って……！」

「お世辞なわけないじゃん。嘘偽りのない本音だよ」

心臓が跳ねるのをこらえつつ、はっきり断言する。

最近読んだ学術書にも載ってたっけ。

外見を肯定し、努力をほめることは、自己肯定感アップにつながる。

それに鈴原さんに触れたいのも事実だった。

なぜなら——。

「……そこまで言うのでしたら。ただ、軽い女だと勘違いしないでくださいね？　相手があなたなので特別なだけです」

「……ん。ありがとう」

「それにしても相変わらず気配り屋さんですね。なでる前に許可を取るなんて」

「いや、女の人って軽々しく頭を触られるの割と嫌がるでしょ？」

「なぜ？」

「よく聞く理由は髪形が崩れるとかかな？　だから俺も信頼のおける特別な相手じゃないと無許可でなでたりしない」

「なるほど。今までなでられたことなんて一度もないので、知りませんでした」

表情が凍りつきそうになったのを全力で阻止した。

（ああ、そうだった）

鈴原（すずはら）さんが家（うち）に泊まり始めた理由は、家族に勘当されてしまったから。

思い出すのは、先週一緒にアニメを観（み）たときの記憶。

母親と仲良くするヒロインを見て「うらやましい」とこぼした親友の姿。

決して手に入らない関係（もの）への憧憬と哀愁が入り混じった、せつない横顔。

「あっ……街川（まちかわ）くん……」

ひょっとしたら親友は親からほめられたことが一度もないのかもしれない。

そう考えたら、自然と鈴原さんの頭に手を伸ばしてしまっていた。

「本当にありがとう。こんなに美味しいケーキをご馳走してくれて、すごくうれしいよ」

できるだけ優しくなでながら、感謝を伝える。

親友はくすぐったそうに体をよじらせながら、

「……発見です、助手くん」

「おや、どうしました博士」

「なでなでされながらほめてもらえるのは、死んじゃいそうなくらいこそばゆいです」

「じゃあやめる？」

「だ、だめです！　この感覚は嫌いではないというか、むしろ……好きなので」

「よかった。もう少しなでてもいい？」

「はい。これからはいつでも許可なくなでていいです。街川くんの好きにしてください」

右手の掌でさらさらの髪に触れると、鈴原さんが気持ちよさそうにまぶたを閉じた。

もはやされるがまま。

いつもはクールな表情をふにゃんととろけさせ、飼い主のひざの上で眠る猫みたいにうっとりと身を任せている。

（ああ、くそ）

精一杯冷静さを保とうとしてるのに、胸の鼓動がカーニバルをやめてくれない。

日曜日の自宅でケーキを食べさせてもらった後に、こんなことをしてるなんて。

これじゃまるで……。

「なんだか、新婚さんみたいだね」

油断しきっていたのか、親友のお口から殺傷力たっぷりの爆弾が投下された。

ついサバトラモードで独り言をこぼしてしまったことに、鈴原さんはあからさまにあわあわしながら、

「違います！　今のは……！」

「キミってやっぱりときどきネットみたいな本音を誤爆しちゃうよね」

「独り言を言うのがクセになってるんです！　陰キャぼっちなせいか人と話す機会が極端に少なかったので！　声帯を衰えさせないための本能として独り言が炸裂するのではないかと！」

「なるほど。一人暮らしをすると独り言が増えるって聞いたことあるけど、そういうメカニズムなのかも」

「笑わないでくださいっ」

「笑ってないよ？」

「お顔がにやけていますっ。もう……」

街川くんのいじわる、とつぶやいてから、鈴原さんは俺の胸にぽすっと頭を預けてきた。

シャイな親友からしたらかなり照れくさい行動だろうけど、たぶん俺に顔を見られないための緊急措置。

「ごめんね？　俺もうっかり同じこと考えちゃったから、ついうれしくてさ」

お詫び代わりに、胸に小さな額を押しつける鈴原さんの後頭部を優しくなでる。

嫌がられはしなかった。

それどころか身動きせずジッとしている。

暖かなひなたから動かない野良猫みたいに。

付き合いが長い親友だからこそわかる。

表情は見えないけど、幸せそうに微笑んでくれてる気がした。

（嫌われなくてよかった）

それに顔をうずめてくれて助かったよ。

いじめられた経験から筋金入りの作り笑顔名人になった街川庵だけど、さすがに今だけは赤面するのを隠せない。

そう、俺が鈴原さんの力になりたい理由。

それは親友同士だからだけじゃない。

街川庵は、鈴原綺奈に恋をしている。

彼女に「世界で一番大好きです」と告げられた、あの夜から。

&

15歳にもなって初恋をしたことがない。

それが学校では陽キャオタクなんて呼ばれる街川庵のコンプレックスだった。

しかし、あの夜。

鈴原さんのマンションで、俺のジャケットだけを身にまとったあられもない姿の彼女に告白じみたことを言われた瞬間、長年の悩みは氷解した。

けど、新たな悩みが生まれてしまったわけで。

「では、会議を始めましょう」

時刻は15時。

パンケーキに大満足の舌鼓を打った後で、俺たちは綾坂祭についての話し合いをすることにした。

ちなみに我らが1-Aの出し物は、メイド&ホスト喫茶。

「まずは喫茶店で出すお菓子ですが……」

「お菓子一つ一つが袋詰めされた小分けタイプがいいかも。一度袋を開けた後も中身が傷まないしさ」

「なるほど。お客さんに出すときに便利です」

街川くんは頭が回りますね、と微笑まれて思わずどきり。

困ったことに長年の努力で身に着けた固有スキル《他人の表情から思考を読む》も彼女には使えない。

（試しに鈴原さんの顔色を読めるかやってみ「うわあ可愛すぎる」いや頼む勤務時間だ仕事しろ理性「顔小さいまつげ長い唇やわらかそう」いつも通り表情を観察して思考を読ん「好きだ好きだ抱きしめたい」ああああ……！）

自分がクソザコ恋愛ビギナーすぎて嫌になる！

先月までは早く恋がしたいって願ってたのに、親友に恋したことで胸に生まれたのはコンプレックスよりも厄介な感情。

——いっそ鈴原さんに告白したい。

——恋人同士になりたい。

最近は毎晩そう考えるけど、現実はチョロインがバーゲンセールのごとく登場するお手軽ラノベほどファンタジーじゃない。

（俺たちは親友同士）

おまけに一つ屋根の下に住んでいる。

もし告白を断られたら同居生活に大きな陰を落とすことになる。

心地よすぎる彼女との時間を壊すのだけは嫌だった。

(ただ、今の俺の行動はすごく矛盾してるよな)

親友のままでいたいのなら、彼女を助けすぎるのはよくない。

適度な距離を取った方がいい。

やっとできた初恋だけど――終わらせた方がいいに決まってる。

だけど、鈴原さんの力になりたいって気持ちをどうしても抑えられない。

「街川くん？」

「あ、ごめん。考え事してた」

「ひょっとして派閥の件ですか？」

違うけど、ごまかすためにうなずいておこう。

鈴原さんが実行委員になったことをよく思っていない派閥が1－Aには存在する。

そのリーダーは、朝比奈香純。

『気がない相手に優しくしないでよ！　勘違いしちゃうような言葉も言わないで！』

以前俺に告白してフラれた結果、平手打ちをしてきた女の子。

テニス部に入っていて、ことりいわく高い身長を活かしたプレーはなかなかのもの。

何もなければ気さくな性格なので、1-A運動部系女子派閥のリーダーに就任。

ショートヘアがよく似合う美人で成績もクラス上位。

敵としてはかなり厄介な相手だ。

「よく気づきましたね。朝比奈さんが私を嫌ってるって」

「伊達に10年近く周囲の顔色を観察しながら学校生活を乗り切ってきたわけじゃないからね」

クラスの空気に変化があればすぐに気づく。

だから1-A陽キャグループである松岡組のメンバーに声をかけて、情報を収集し、朝比奈さんのウワサを入手したわけだ。

「情報通りなら、来週木曜のLHRで仕掛けてくる」

「なぜLHRで？」

「その時間は波多野先生が出張でいないんだ」

「なるほど。クラス担任が止めに入らないタイミングを狙うわけですか」

「頭のいい朝比奈さんらしいし、そのための準備もしてると思う」

たとえば、派閥メンバーに自分の主張に賛同するよう声をかけておくとか。

（前に母さんが言ってたっけな）

会議というものは始まる前に終わっている。

出席者たちへの根回し、他者を納得させる根拠（エビデンス）を持った主張作成、相手からの反論を想定……などなど。

どれだけ下準備できるかで勝敗は決まる。

アニメ化漫画家として何度も脚本会議に出席した母さんらしい意見だ。

「つまり朝比奈（あさひな）さんは、会議の場で私が実行委員にふさわしくないと主張するつもりなんですか？」

「そこまでストレートな言い方はしないと思うけどね」

大方「実は私も実行委員をやりたかったの」と主張した後で、クラス内投票に持ちこむ。

そうなったら鈴原（すずはら）さんは不利だ。

運動部系派閥のリーダーと誰にも懐かないソロギャルじゃ勝ち目は薄い。

「朝比奈さんに認めてもらってないのも無理はありません。私が悪いんです。今まで誰かに話しかけられても無視しちゃうことがほとんどでしたから」

「自分を責めないで？　動機はそれだけじゃないと思うよ」

たとえば、鈴原さんの綺麗（きれい）すぎる容姿への嫉妬。

あとは交際を断られた俺と仲良くしてることに腹が立つとか。

だから実行委員の座を奪い取ることで、マウントを取りたい。

（安っぽいマウント争いにクラスを巻きこまないでくれ……と言いたいところだけど）

よくあることだ。

SNSをのぞけば四六時中レスバという名のマウント合戦。

他人より上に立って優越感を味わったり、マウントを取った状態から攻撃することで、ストレスを解消する。

厄介なのは誹謗中傷する本人に攻撃してる自覚がないのが多いこと。

――私たちは正義だ。

――相手が悪い、自業自得だよね。

――こっちは悪いことじゃなくてむしろいいことをしているの！

歪んだ大義名分を狂信し、言葉のナイフで相手を滅多刺しにする。

さらにはそんなネットでの振る舞いを現実でも実行してしまう。

悲しいけど、令和の世の中じゃ日常茶飯事。

ただ――。

「できれば穏便に済ませたくてさ。ただ朝比奈さんに勝つのは得策じゃないから」

「えっ!?」

「物語だったらムカつく敵は俺TUEEEして退散させて終わりだけど、現実はそうもいかないでしょ？」

「──そうか。私たちはクラスメイト。綾坂祭の後も教室で一緒にすごす」

「そう。人間関係は終わらない。ただ感情的に朝比奈さんのメンツとプライドをぶち壊せば恨みを買うし、彼女の派閥メンバーとも軋轢が生まれる」

最悪、鈴原さんがいじめのターゲットにされかねない。

それだけは絶対に防がなきゃ。

「クラスの目標を叶えるためには朝比奈さんの力も欲しいしね」

「街川くん、前から言ってましたね。綾坂祭2日目に発表される模擬店ランキングで1位を取りたいって」

「やるからにはトップを目指したいしさ」

ランキングは売り上げや学校公式スマホアプリを利用した投票で決まる。

結果を出せば実行委員である鈴原さんの自信につながる。

そのためにも容姿が整っていて、頭がよく、普段は気さくな朝比奈香純は綾坂祭の重要な戦力。

合理的に考えるなら仲間にするのが最善手……なのと、

(トップさえ懐柔できれば派閥ごと味方にできるし、クラスの平和も守れる)

できれば誰も傷つけずに、みんなで綾坂祭を楽しみたいしさ。

「課題は、朝比奈さんたちを懐柔する手段を思いつくことかな」

「そんな方法あるんでしょうか？」

あることにはある。

しかし、このプランだけは使えない。

鈴原さんが抱える問題を考えたら絶対に実行できない。

「大丈夫。俺たちなら、絶対解決できる」

隣に座る同居人の手をにぎった。

すべすべした肌の感触に胸が騒ぎ出すけど、少しでも親友を安心させたくて勇気づける。

「木曜までに必ずいい方法を思いついてみせるよ。ことり、充哉（みつや）、大吾（だいご）、西野（にしの）さん……松岡（まつおか）組メンバーともＬＩＮＥで話し合ってるしさ」

「ありがとうございます。ただ、私のことも……」

「ことも？」

「あっ……いえ。私一人じゃとてもじゃないですが朝比奈さんに立ち向かえなかったので心強いな、と。彼女はハイカーストな女の子ですし」

「松岡組に入ってるわけじゃないけどね」

「それでも私からしたらすごく陽キャな女の子ですよ。こんな性格のせいか、昔から陽の気を持った人はどうも苦手で……あっ」

街川くんは特別ですよ？　と。

つないだ手を優しく握り返してくれた。

「あなたは私みたいな陰キャにも優しいです。今も手をつないでくれましたし」

「これくらいならいつでもするよ」

照れくさかったので冗談を一つ。

しかし、親友はやけに真剣な表情になってから、

「本当ですか、？」

きゅっと掌(てのひら)を握り返しながら、上目づかいに見つめきた。

「本当に、いつでも手をつないでくれるんですか？」

ほんのり色っぽく、それでいて甘えるような、眼差(まなざ)し。

ちょっと身を乗り出せばキスできそうな距離(ちかさ)。

「あっ……ごめんなさい！」

不意に恥ずかしくなったのか、赤い顔をごまかすように、

「お洗濯物取りこんできます！　夕方から雨の予報でしたので！」

「あ、なら俺も手伝──」

「街川(まちかわ)くんはゆっくりしていてください！　畳むまで全部一人でできますから！」

親友はベランダへと小走りで駆けて行った。

「……反則すぎる」

ついソファの上で顔を覆ったままうなだれる。

あれじゃまるでいつでも俺に手をつないでもらいたいみたいじゃないか。

今の会話だってなんだか新婚夫婦みたいだったぞ。

「ん？」

不意にスマホが鳴った。

画面を確認すると、知らない番号からテレビ電話がかかってきていた。

普段なら警戒して出なかったと思う。

けどさっきの接触事故の後遺症か、ついあわてて通話ボタンを押した瞬間、後悔した。

「よぉっ！　おまえ庵(いおり)か!?」

画面に映ったのは金色に染めた髪をツーブロックに刈り上げたガタイのいい男。

「久しぶり！　小学校ぶりだよな！」

「──うん。久しぶりだね、山岸(やまぎし)くん」

「やべ、驚いた！　おまえ変わったなぁ」

昔はあんなにデブでチビで弱っちかったのによぉ！　と大きな声で笑った。

山岸亮(りょう)。

かつて街川庵をいじめていたグループの一人だ。

「あはは。変わったのはそっちも同じだよ。体が大きくなったね。柔道は続けてるの？」

「あー、夏大はいい成績残したけど、ムカつく先輩殴ったせいで退部に──」

「山岸ぃ。酒買ってきたぜ。セルフレジ使ったら余裕だった……って誰だそのイケメン？」

「同小の同級生！　さっき話したじゃん！」

「ああ、妹が可愛いっていう？」

山岸の後ろには髪を派手に染めた男が二人。

たぶん山岸の友人だろうけど、

「ほら憶えてっか？　庵と同じ中学に行った三石。あいつに聞いておまえの連絡先教えてもらったんだ」

「そうなんだ」

「実は今度何人かオンナ集めて遊びに行く計画しててさ！　誰か可愛い子いねえかなって考えたときにことりのこと思い出してよぉ！」

「なるほどね」

実に馴れ馴れしい山岸に作り笑顔を返す。

いじめが終わった後、俺は卒業するまで山岸と友人みたいに接してた。

けど、それはいじめを再開させないため。

もし再開されたら、妹であることりまで被害に遭うかもしれない。

そう考えたら心を殺して何事もなかったみたいに接するしかなかったんだ。

「頼む！　ことりの連絡先教えてくれ！　オレら出会ったときから親友だったろ!?」

あんなマネしといてよく言うよ。

笑顔を作りつつも、頭の中で蘇(よみがえ)るのは幼いころのトラウマ。


『おまえは必要とされてない人間だ！』

『誰にも好かれない』

『いついなくなったっていいんだぜ？』


そんなことさえ言われたっけ。

それに——俺の親友は、たった一人だけだ。

「お待たせしました、俺くん」

名前を呼ばれたと思った瞬間、戻ってきた鈴原(すずはら)さんが俺の腕に抱きついてきた。

同居人はスマホに映った山岸たちに冷ややかな視線を向けながら、

「私の彼に何か御用でしょうか？」

「はっ!?　え、えっと、あんた……」

「俺くんの恋人です。ね、俺くん？」

高らかな交際宣言に、山岸たちは酸欠寸前の金魚みたいに口をぱくぱく。

「マ、マジ……？　おまえ、こんな美人と付き合ってんの……？」

「うん」

ここは鈴原さんの嘘に乗っかっておこう。

そういえば前に鈴原さんが駅前でナンパされたときに恋人のフリして助けたっけ。

あのときの行動を再現してくれたんだろう。

「オ、オレ、庵と仲良いんだ！　今から一緒にリモート飲みでもしねえ!?」

「め、名案！　今度プールに行くことになってさ！　これから予定立てるんだ！」

「何ならプールも行こうぜ!?　キミみたいな美人なら大歓迎で……！」

「お断りします。今、彼とお家デート中ですので」

「はあっ!?　デ、デートって……！」

「恋人なんですから普通でしょう？　少しは空気読んでくれませんか？」

塩対応ソロギャルモードで言い放つ鈴原さん。

けれど、抱きつかれている俺にだけはかすかな震えが伝わってきた。

さっきまで陽キャが苦手って言ってたんだ。

山岸みたいな金髪ヤンキーは怖いに決まってる。

にもかかわらず、俺を助けるために必死に立ち向かってくれてる。

そう考えたら……。

「ツレないこと言うなって！　一緒に飲もうぜ⁉」

「悪いね」

笑顔製造機の本領発揮。

にこやかだけれど、外圧たっぷりの迎撃スマイルを作ってから、

「綺奈は俺のなんだ。ちょっかい出すのはやめてくれるかな？」

WEB小説を書いてきた経験を活かして、彼らを追っ払うのに最適な台詞を創作。

さらには恋人つなぎした手をカメラに見せびらかしてアピール。

「お、おい、山岸っ」

「もう切れよ。どう考えても俺らお邪魔じゃねーか。ちゃんと謝っとけって」

「っ⁉　そ、そうだな……悪かったな、庵」

「いえいえ。またどこかで」

たぶんもう二度と話すことはないと思うけど。

そう心の中で付け足しながら、電話を切る。

「ありがとね。助かったよ」

「あなたが困っている気がしたので。顔は笑っていましたが、なんだか辛そうでした」

「当たり。親友には敵わないや。ごめんね、格好悪いところ見せちゃって……」

「庵くん」

鈴原さんはぽんぽんと自分のふとももを掌で叩いた。

「どうぞ。ひざをお貸しします」

「えっ⁉」

「今日はあなたに甘えてもらいたいDAYですから」

さすがに助けてくれた親友の好意を断るわけにはいかなかった。

再び騒ぎ出す鼓動をなだめつつ、ゆっくりとやわらかなふとももに頭を預ける。

「格好悪くなんかなかったですよ？」

おずおずと、小さな掌が俺の頭を優しくなでてくれた。

「さっきの庵くん、とっても格好よかったです」

ああ。

「詳しい事情は聞きませんが、想像はつきます。あの人があなたにとってどういう人間なのか。昔ネットで打ち明けてくれましたからね」

そう、親友は俺がいじめられてたことを知っている。

だから事情を悟ってくれたんだろう。

「笑顔で立ち向かうなんて、とってもえらいですよ」

深く追及せずになぐさめてくれる彼女の距離感が、ただただ心地いい。

「大変でしたね」

頭をよしよししながら、鈴原さんは真剣な声で、

「あんなデリカシーゼロのパリピ国ウェイ州チャラ男村出身のクソヤンキーにからまれてたなんて、心中お察しします」

「もしかして、怒ってる？」

「お腹の中が煮えくり返っていますよ！　あの人は庵くんにひどいことをしてたんでしょう!?　さっきもすごく失礼なことを言ってました。思わず私が乱入しなくちゃって思うくらいに」

「心強かったよ。怖かったでしょ？」

「もももももものずごぐ！」

「わっ、大丈夫？」

「い、今になって恐怖感がっ！　ああいう乱暴な言動をする人は大嫌いなので！」

「昔DMでも言ってたね。現実で暴力を振るう人は軽蔑するってさ」

「だからすごく怖かったです！　でも『コイツは最近のラノベによく出てくるナンパかませ犬だ！　少し強がれば3ページくらいで退散する！』って考えたらなんとか立ち向かえました！」

「メンタルの保ち方が独特すぎる」

ただ、乱暴な人は大嫌いか。

だとしたら、やっぱりあの話はしない方がいいよな。

あのときの充哉みたいなリアクションされたら困るしね。

「そこは『さすが俺のオタ友！』と胸を張るべきでは？」

「あはは、たしかに。ただ、現実は簡単に退散するナンパ役ばかりじゃないから気をつけてね？」

おとぎ話のヒーローみたいに助けてくれる主人公もいないしさ、と言いつつも俺はさっき食べたブランチのことを思い出していた。

気分は焼き立てパンケーキの上に載せられたバニラアイス。

片想い相手のひざ枕の心地よさに思考がとろけそう……。

「あの、嫌じゃありませんか？　リコママがリコにやってたのをマネしてみたのですが」

「『ROSSO』を参考にしたんだ」

「ひざ枕されるリコはすごく幸せそうでした。庵くんにあんな顔をしてもらいたくて」

「控えめに言って最高です」

「そ、そうですか」

「毎日してもらいたいくらい」

「さすが陽キャオタク。お世辞上手な舌をお持ちで」

「本音だよ。なで方も丁寧で優しくて、気持ちいい」

「昨晩の経験が役に立ってるのかもしれませんね」

昨晩？　と訊ねた瞬間、鈴原さんの体に緊張が走った。

同居人は一度なでる手を止めてから、申し訳なさそうに、

「……ごめんなさい。実は俺くんに黙ってたことがあって」

「ん？」

「昨日俺くんがソファで居眠りしちゃったとき、隣にいた私の肩によりかかってきて」

「………」

「起こしちゃ悪いと思ったので5分くらい肩を貸してたら、そのまま頭が私の脚の上にズレ落ちて――」

「大変申し訳ございませんでした！」

「謝らないでください。その……私も色々しちゃいましたし。ひざ枕してるときあなたの寝顔を見ちゃいました」

「ああ。それくらいなら別に」

「1時間ほど」

待て。

つまり昨夜俺は3600秒も鈴原さんのおひざをご堪能してたと?

「本当にごめんなさい！　なんだか可愛かったので、つい寝顔を観察して、耳たぶをふにふにして、頭もいっぱいなでてしまって……！」

テンパっているのか実に滑らかに罪状を述べる鈴原被告。

横向きで寝てるから彼女の表情は見えない。

けど、鈴原さんのことだから顔は申し訳なさでいっぱいだろう。

「気にすることないよ」

だからこそ、精一杯頭を回してフォローする。

「キミが俺にそんなことをしたのは理由があると思う」

「えええっ!?　それってつまり……！」

「きっと俺を癒やせば自信がつくって無意識に考えたんだよ。この前読んだネットの論文に、他者に頼ってもらったり、他人の役に立てたって実感すると自己肯定感が増すって書いてあったんだ」

「……なんだ。そういう意味ですか」

「どういう意味だと思ったの？」

「い、いえ。庵くんの言葉にはすごく共感できます。あなたは陽キャグループに所属する文武両道な優等生。そんなあなたに頼りにされてると感じるのは、すごくうれしいです」

「そう言ってもらえると俺もうれしいよ」

自分に自信をつけたい。

鈴原さんが以前よりも強く願ってるってことなんだから。

「なので、もっと私に甘えてほしいです」

「？　今でも十分――」

「甘えてません。実行委員のお仕事をするとき、庵くんは私とクラスメイトの会話をフォローしてくれますよね？　朝比奈さんと戦う方法もがんばって考えてくれてます」

「ごめん。余計なお世話だったかな？」

「そうじゃないんです！　庵くんは小説のネタが浮かばないとき、よくサバトラにアドバイスを求めてくれました！　最近は綾坂祭の準備が忙しくてWEB漫画連載も創作活動もお休み中！　だからこそ……その、現実でも私を頼りにしてほしくて」

「なるほど」

これは盲点であり、反省点だな。

鈴原さんはたった一人の親友。

（だからこそ現実ではサポート役に徹しようって決めてたっけ）

おかげで過保護気味になって、優しさが一方通行になってたのかも。

「わかった。これからはもっと鈴原さんの力を借りるし、甘えられるときは甘える。だから、頼むね？」

「はい！　任せてください！」

　頼むと言ったのがうれしかったのか、同居人は満面の笑顔ではにかんだ。

「ふふっ。これから甘えてもらえるのが楽しみです」

「そんなに？」

「昨日の庵くんはすごく可愛かったので。あなたは教室で居眠りすることなんて絶対ありませんし」

「まあ、そうだね」

「庵くんは学校ではいつも笑顔ですが、常に周りに気を配って隙を見せないようにしてる気がします」

「──鋭い。みんなに合わせるために周囲へのアンテナはいつも張ってる」

「だから昨日みたいに無防備に眠るあなたの姿は学校とのギャップがあって……すごく、キュートでした」

　俺の頭をなでながら、ちょっぴりからかうような悪戯っぽい声。

　ついDMで気兼ねなく会話してるときを思い出して、軽口を返したくなる。

「鈴原さんもキュートだと思うよ」

「いえ、私は……」

「すごく可愛いよ。さっき恋人のフリをしたとき俺のことを『庵くん』って呼んでくれたでしょ？　あれからずっと『庵くん』って呼んでくれてる」

「っ」

「俺を安心させるためなんだろうけど、名前で呼んでくれるキミはすごく可愛くて――」

なでなでが再び停止。

どうかした？　と首を回して同居人の表情をうかがった瞬間、心臓が爆発しかけた。

ぽふんっと音がしそうなほどに真っ赤になった顔。

とんでもないミスに気付いたみたいに艶やかな唇はわなわな震えてるし、大きな瞳は羞恥に潤んで……ああ。

さすがにこの反応を見れば、推理できる。

「呼び方を戻すの忘れてた？」

「……言わないでください。あと顔も見ちゃだめです」

掌でくるりと首を優しく戻されてしまった。

それから鈴原さんは言い訳するように早口を連射。

「仕方ないじゃないですかこの前あなたが昼休みにごはんに誘ってくれたとき松岡組のメンバーもいたでしょうっ」

「先週のこと？」

松岡組メンバーは、学年成績トップだけど金髪ヤリチンキングな松岡充哉。

1年生にしてバスケ部レギュラーの高身長スポーツマン七城大吾。

パリピインスタグラマーな西野萌果。

そして俺とことりなのだが、

『メイド&ホスト喫茶かぁ。充哉のホスト姿ちょーバズりそう。インスタ載せていい？』

『もちろんだ萌果！　万バズ狙えるぜ！　俺が綾坂高校ホストキングになってやんよ！』

『ヤリキンホストはたしかに需要あるね』

『わかるよ庵！　色んな有料プラン考えよ!?』

『だね。たとえば首輪をつけて散歩できるとか、30分10000円で人間椅子になるとか』

『庵くんそれ最&高〜！　充哉に浮気された女どもがめっちゃ復讐にくるじゃ〜ん！』

『これは金の匂いがしてきたな。ファイトだ松岡』

『……なあ、鈴原。どう思うよ？　庵もことりも萌果も大吾もめっちゃ俺に辛辣なんだけど？』

『………』

『だははガン無視かよ！　俺に対してここまでうっせぇわするギャル初めてなんですけど

ぉ!?　おもしれえ女～！　どうせならこのメンツで放課後スポッチャでもいかね!?』

　みたいな会話をしたっけ。

　俺やことり以外と話すのにガチになってたせいか、鈴原さんはあんまりしゃべれてなかったけど、

「あのとき西野さんが『俺くん』って何度も呼んでいました」

「西野さんとはけっこー仲良いしね」

「だからですっ。私たちは親友同士っ。私もずっと『俺くん』って呼びたくて、でも恥ずかしいので我慢してて……」

「ネットでは『IORI』って呼んでるし、現実でもときどき呼ぶことあるのに？」

「あれは仕方なくてです！　我慢できなくて出ちゃうんです！」

　むぅっとご立腹な鈴原さん。

　親友のことをフォローしたくて、胸が高鳴るのを感じながらも言葉をつむぐ。

「だったらこれからは『俺くん』って呼んで？」

「えっ」

「キミにそう呼んでもらえるの、他の人に呼ばれるより好きだしさ」

「すぐ恥ずかしい台詞（せりふ）を言うの反則ですっ。それに学校で呼ぶのは……」

「まだ恥ずかしい？　だったら二人きりのときだけでも構わない」

「でも、また私だけ甘えてるみたいで申し訳ない気も……」

「じゃあ俺も二人きりのときは『綺奈』って呼んでいい？」

「ええっ!?」

「今日は俺に甘えてもらいたいＤＡＹ。なので願望を口にしてみました」

ああ、ようやく初恋ができたとはいえ、やっぱり俺はクソザコ恋愛ビギナーだ。

──好きな人を呼び捨てにする。

それだけのことで、こんなにどきどきしてるなんてさ。

「嫌だったかな？」

「そういうわけじゃないんです。ただ、両親にそう呼ばれることが多かったので、呼び捨てにされるのはあまりいいイメージがなくて。でも……」

だからこそ、と鈴原さんは俺の頭に触れながら、

「あなたに呼んでもらいたいです。嫌なイメージを上書きするくらい、いっぱいいっぱい『綺奈』って呼んでください」

「鈴原さん……」

「あなたに『綺奈』って呼んでもらえれば、嫌な思い出なんか忘れちゃいます。私も──俺くんに名前で呼んでもらうのは、大好きですから」

親友は照れくささに染まった声で伝えてきた。

「ありがとう、綺奈」

もちろん、今の関係を壊したくないって気持ちは変わらない。

けど、これくらいならいいだろ？

理屈で考えるなら、呼び方を変えることで信頼関係を深められたって彼女が認識できる。

自己肯定感アップにつながる……なんて。

言い訳がましいことを考えつつも、俺は必死だった。

かつてないほどに早鐘を打っている胸の鼓動が、同居人にバレないように。

「ありがとうございます」

「いえいえ。それはそうと少し眠ってもいい？　安心したせいか眠くなってきてさ」

「もちろん。今日はあなたに甘えてもらいたいＤＡＹですから」

「ありがとう。じゃあ少しだけ。――おやすみ、綺奈」

「おやすみなさい、庵くん」

信愛と親愛がたっぷりブレンドされた甘い響き。

目を閉じると綺奈がまた優しく頭をなでてくれた。

(何はともあれ、いい休日になったよな)

俺にもっと頼ってほしいっていう綺奈の悩みを解決できた。

互いに呼び名を変えることで距離が縮まった。

これならきっと実行委員の仕事もうまくやれるし、クラスのもめ事も解決できる。

模擬店ランキングで1位を取って綺奈(あやな)に自信を持たせてやれる。

(そうさ。この調子なら親友関係を維持したまま目標だって叶(かな)えられる)

初恋だって、終わらせることができるはずだ。

「──庵(いおり)くん」

まぶたを閉じた闇の中で響いたのは、綺奈のささやき。

「もう寝ちゃいましたか?」

小声で名前で呼ばれたのが思った以上に照れくさい。

だからつい寝たふりをしていると、

「さっきあなたは……おとぎ話のヒーローみたいに助けてくれる主人公はいないって言ってましたけど、そんなことないと思いますよ?」

綺奈は、幸せをかみしめるようにつぶやいてから、

「私にとって庵くんは、さびしいときに寄りそってくれる王子様みたいな男の子ですから」

瞬間、頬にやわらかな何かが触れた。

（いや）

今のってまさか……！　と全力で寝たふりしつつも、俺は『ROSSO』の8話を思い出していた。

たしか、リコママがひざ枕で眠るリコの頬に優しくキスするシーンがあったはず。

「――えへへ」

照れくさそうな笑い声が鼓膜をくすぐる。

からかいなのか、

推しアニメの再現なのか、

親友としての愛情表現の一環なのか。

綺奈がどんな心境でこんなことしたのかはわからないけど、一つ言えるのは……。

（ああ、やっぱり）

パンケーキを食べたときにも思ったけど、甘いものの取りすぎは体に悪い。

これからも親友関係を維持しなくちゃいけないのに。

こんなに甘いスキンシップを浴びせられるのは、少なくとも心臓によくない気がした。

第2話　放課後は友だちとカフェで

「あの、ことりちゃん。実は相談したいことがあるのですが」

月曜日の放課後。

私は制服姿のことりちゃんに話しかけていました。

いま私たちがいるのは原宿のスタバ。

文化祭実行委員のお仕事の一環として、メイドの衣装を見るためにレンタルショップに行ったのですが、

「メイド服のこと？」

「一つはそれです」

「綾坂祭は2日間だから、2泊3日だと一着3950円かぁ。さっきのお店で借りると結構お金かかっちゃうね〜」

「お店のインスタで見たときはよさげだったのですが、実物はクオリティがイマイチでした。あれならいっそ安めの物を買った方が」

「もっといい方法思いついた！　先輩に借りちゃおう！」

「えっ、学校のですか？」

「うちの女子テニも去年メイド喫茶をやったんだって。そのとき衣装を買ったらしいから
みんなまだ持ってるはず」

「なるほど。それをお借りできれば……」

「費用はタダ！　後輩のためなら貸してくれると思うし、予算はホスト衣装に回せる」

「すごいです。できれば、ことりちゃんから先輩さんたちに話をつけてもらって——」

「今LINE送っといた！」

「行動力エグすぎませんか？」

陰キャとしては見習いたいアクティブモンスターっぷりです。

今日もテニス部が休養日ということで、実行委員のお仕事を手伝ってくれていますし。

なんとしても結果を出したい私にとってはありがたいかぎり。

ただ……。

「どうかした？　お顔が固いよ？」

「実はスタバに来るの初めてで……私、浮いてないでしょうか？　さっきから周りの人た
ちがチラチラこっちを見てる気が」

スタバ＝リア充の巣窟というイメージがあります。

しかもここは我が国有数の陽キャスポット・原宿。

非リアお断り結界が張られている気さえして、私にとってはもはや魔窟。

早くお家に帰りたいと思っていると、ことりちゃんは母性たっぷりなやわらかな笑みで、

「注目されるのは綺奈ちゃんがとんでもなく綺麗だからだよ！　竹下通りを歩いたときも通行人が見ほれてたし！」

「それはことりちゃんが可愛いからだと思います」

ふわふわしたウェーブがかかった栗色のミドルヘアに、制服の上からでも十分わかる豊かなお胸。

さらに端整な小顔を彩るのは天使みたいなアルカイックスマイル。

私とは正反対の天然陽キャガール。

（今さらながらに、信じられません）

学年一可愛い陽キャ女子とお友だちになって、放課後にカフェでお茶してるなんて。

引き合わせてくれた庵くんに感謝ですね。

「ありがと～！　それはそうとさ、他にも相談事があるんじゃない？」

「……そうですね。実は……」

「庵のこと好きになっちゃった？」

「い、い、い、い、い、い……」

物の見事に言い当てられて、顔が一気に熱を帯びるのがわかりました。

「……バレるくらい顔に出てますか？」

「ううん。ただ、庵を好きになったって相談されるの初めてじゃないから。私と庵が付き

合ってるってウワサを流すまでは5回くらいあったかな？」

「そんなに!?」

「あいつってモテるからね～」

「それはことりちゃんも一緒ですよ」

庵くんとことりちゃんは双子。

両親が離婚した名字が違う兄妹という少し重い事実を隠すために、周囲にはそのことを秘密にしています。

「う～ん、否定はしないかな。告白除けのために恋人のフリしてるわけだし」

「本当に仲が良いですよね」

「キスみたいなイチャラブはしてないよ？」

「でも、二人でたくさんお出かけしているでしょう？」

ＩＯＲＩとオタ友になったころから、妹と色んな場所に遊びに行くという話をＤＭで聞かされてましたっけ。

あのころは仲の良い姉妹だって勘違いしてたわけですが。

「先月も二人でプールに行ったとか」

「あれは証拠作りの一環だよ。私インスタやってるんだけど、あいつとのツーショを上げるのが一番の恋人アピールになるんだ」

こんな感じで、とことりちゃんが見せてきたスマホには庵くんとのツーショットお写真が……こ、これは！

（なんですかこの映え映えカップルっ）

屋内レジャーランドのプールサイドで輝く水着姿の美男美女。

売れ線少女漫画の表紙よろしく青春感フルスロットル。

灰色の高校生活を送ってきた私にはまぶしすぎて溶けそう。

というかうらやましすぎる！

人ごみは死ぬほど苦手ですが私だって……！

「プールに行きたい？　あっ、正確には庵と行きたいのかな？　二人きりで」

「う……ことりちゃん、いじわるです」

「ふふ、ごめんごめん。照れる綺奈ちゃんが可愛かったからついさ」

おわびにどうぞ、と差し出された苺のフラペチーノをたまらずごくり。

そして、胸にたまった気持ちを吐き出します。

「こんなに好きになっちゃうなんて思っていませんでした……」

「恋ってそういうものじゃないかな？　病気と一緒。どんなに予防してても、ある日突然誰かを好きになっちゃう。文字通り恋の病ってわけ」

「そのたとえはすごくよくわかります」

初恋未経験の私が恋をするなんてありえないと思ってましたしね。

（けど、あの笑顔を）

教室でも話すようになった日に見せてくれた、偽物じゃない心からの笑顔を見てしまった瞬間から。

（毎日、庵くんのことばかり考えています）

またあの笑顔を見たいって胸の奥がうずいて仕方ない。

お家で彼とすごす毎日が前よりもずっと幸せだけど、ふとした彼の仕草にどきどきしてしまう。

ここまで自覚症状が出たら、もはや彼への想いを認めるしかありません。

昨日だって、甘えたり、甘えてもらったり、ひざ枕しながらついあんな恥ずかしい台詞を言って、寝顔があまりにも可愛かったせいでつつつついほっぺちゅーまで敢行して、さらには……！

（私のことを頼ってくれた。『綺奈』って呼んでくれた）

たったそれだけのことで。

昨夜はお布団の中で頬がふにゃふにゃ緩むのが止まらなくて、頭の中で何度も庵くんのお声をヘビロテしてしまいました。

「あっ！　さっきあんなお店に行ったのも庵に見せてあげるため⁉」

悪戯っぽい笑顔にからかわれて、おでこまで一気に火照ります。

私たちが行ったのはランジェリーショップ。

別々の試着室に入ってから、二人だけのＬＩＮＥトークで下着自撮りを送り合って、互いに似合う下着を選びましたっけ。

「あの下着は街川くんに見せるために買ったんじゃありませんっ」

「とっても似合ってたよ？」

「それは……ありがとうございます」

「綺奈ちゃんってすごくスタイルいいよね……あ、正確にはＥよね。おバスト的に」

「ことりちゃんも人のことは言えませんっ」

さすがに画像保存はしませんでしたが、今でも目に焼き付いています。

清楚な雰囲気とは真逆の煽情的な黒いレースランジェリーを身に着けたことりちゃんの鏡撮り。

すべすべした肌はどこまでも健康的で、ウエストもきゅっとくびれてましたね。

さらに胸元には深い渓谷。

こっそりサイズを聞いたらＦで……ああ。

（描きたい、描きたい）

絵描きとしての血が騒いだせいか、つい裸体を脳内保存してしまいました。

それほどまでに綺麗だったんです。

絵画を描くのは無理ですが、叶うならぜひ裸婦デッサンしたくて……。

「あの下着なら庵もぜーったい喜ぶよ！」

「いえ、あれを買ったのは仕方なくというか……最近夢を見て」

「夢？」

「街川くんが出てくる夢です」

……って待て私！

庵くん以外の人との会話に慣れてないせいで、とんでもない爆弾を投下しちゃってませんか!?

「ほうほう。どんな夢を見たのかな？」

恋バナしようぜ～？　とにやりんすることりちゃんですが、絶対に言えません。

庵くんに「大好きだよ、綺奈」って告白されて、

私のお部屋で抱きしめられて、

ベッドに押し倒されて耳元で甘い台詞をたくさんささやかれて、

ついには色々なところを優しく触られる夢を見て、

そのせいで「同居してるんですしもしものときのために準備しなくちゃ！」とつい夜間戦闘用下着を買ってしまったなんて……！

それに、陰キャな私がこんな欲求丸出しドリームを見てるなんて、他人からしたら気持ち悪いでしょうし……。

「恥ずかしがることないよ？　別に普通のことじゃん」

「う……そうでしょうか？」

「前に言ったでしょ？　私にも好きな人がいるってさ」

「憶えています。どんな人なんです？」

「ワイルドで格好いい人。優しいだけじゃなくて、ちゃんと誰かを守るために努力してるの。その人を見てると元気をもらえて、つい力になってあげたくなる。お世話とかしたくなっちゃうんだ」

「なるほど」

「私もその人の夢とか割と見ちゃうよ？　たとえば壁ドンされる夢とか」

なんて王道的な少女漫画シチュエーション！

清楚なことりちゃんらしい、なんだか可愛い夢ですね。

「その後ベッドでえっちなことしちゃう夢とか」

「エッッッ!?」

「そこまで驚く？」

「なんというか、ことりちゃんは天使みたいに純情可憐なので……意外で……」

「あはは。私も人間だしさ。それなりに欲求はあるよ？」

クラスメイトは優しい笑顔で続けます。

「好きな人に『好き』って言ってもらいたい。優しくされたい。色んな感情を分かち合いたい。たくさん触れ合って、愛し合いたい。それって別におかしいことじゃないでしょ？」

同い年とは思えないくらい母性たっぷりのおだやかな声。

「好きな人と親しくしたいのは女の子ならフツーのことだもん。だから夢くらいで悩まなくたって平気だよ！」

けれど、小さなお耳がちょっぴり赤くなっていました。

「本当に、ことりちゃんは優しいですね」

私が失言したのを察して、フォローするためにあえて恥ずかしい秘密を打ち明けてくれたんでしょう。

今日も実行委員じゃないのにお仕事を手伝ってくれました。

私をからかうような発言も多いけど、人見知りでよく言葉に詰まる私にとってはリードしてもらった方が会話が進みやすい。

（本人もそれを自覚して、私のために実践してくれてる）

聡明（そうめい）で、他人を気づかえる優しさを持っていて、なおかつ行動力たっぷり。

まさにクラスのムードメーカー。

たくさん告白されるのも当然ですね。

「もしことりちゃんが妹じゃなかったら、街川くんも絶対恋しています。あなたが恋敵だったら絶対に勝てませんでしたよ」

「ふふ。私も庵が実の兄じゃなかったら好きになってたかな〜」

「やっぱりですか？」

「あいつってとにかく気が利くし、お母さんの仕事手伝ってたせいか高校生とは思えないくらい物事への考え方が大人だからね」

「わかります。それに街川くんって他人をほめることにためらいがありませんよね」

「そうそう。思春期男子ってさ、割と恥ずかしがっちゃって女子に『可愛い』って素直に言えないんだけど」

「街川くんは違います」

「うん。ただごめん。それ私のせい」

ことりちゃんは手を合わせながら大げさに頭を下げてきました。

「私って昔は割と甘えんぼだったんだ。怖い映画を観るときは庵に後ろから抱きしめてもらったりしてたし」

「……。ことりちゃん、まさか……」

「えっと、他にも『女の子には優しくしなきゃだめ！　髪形とか変えたら絶対ほめて！』

ってしつこく言い聞かせてた。だから庵も女の子をほめることにためらいがなくなっちゃって……」

「街川くんが無自覚女心窃盗犯になったのは、ことりちゃんが魔改造したせい？」

「大変反省しております！　私があいつを育ててしまったんだよ〜！」

「落ちこまないでください。街川くんが女の子をほめるのは優しいからでもあります。だからこそ女友だちが多いわけですし」

フォローしつつも、ことりちゃんが言っていた「最近庵とすっごく仲良くしてる人がいる」という言葉がフラッシュバック。

（一体、誰なんでしょう？）

庵くんは心当たりがないって言っていましたけど。

「そうだね。香純も庵の優しいとこが好きって前に言ってたし」

「朝比奈さんも？」

「うん。てか香純の件、本当にごめんなさい。同じテニス部員として綺奈ちゃんにちょっかい出さないように私が説得すればよかったんだ。ただ、香純って普段は優しい子だけど大きな弱点があって」

「どんな？」

「恋愛がからむと暴走しちゃう！　だから庵の彼女ってことになってる私が下手に刺激す

るのはマズいんだ」

「もしかして……朝比奈さんはまだ街川くんが好きなんですか？　それで私を敵視してる？」

「当たり。ほら、綺奈ちゃんって俺に『世界で一番嫌い』って言っちゃったことあるでしょ？　なのに今仲良くしてることがうらやましいんだと思う」

「だとしたら、根っからの悪人ってわけじゃないんでしょうね」

なんとか朝比奈さんを懐柔するプランを思いつきたいです。

でも、どうすれば？

朝比奈さんの嫉妬心を私への好意に変換できるわけがありません。

「綺奈ちゃんも俺の優しいとこが好きなの？」

「えっ、あっ、はい。ただ……学校の街川くんは周囲に気を配ろうと優しい自分を作ってるように思えて」

きっと、過去にいじめられたせい。

周囲の空気に合わせて生きるのが街川（オープンオタク）庵の処世術ですが……。

「優しくなろうとがんばってる街川くんも好きですけど、自然体の街川くんも大好きです」

二人で食事をしたり、
ダイニングで対戦ゲームをしたり、

推しアニメを観て感想を話し合ったり、
何もせずにただソファで一緒にくつろいだり……。

私を信頼してくれているからこそお家で見せてくれる、等身大の姿。

互いが親友だからこその心地いい距離感。

私だけにくれる、偽物じゃない本物の笑顔。

「気を抜いたときに見せてくれる素顔が、とっても可愛いんです」

「──なるほど。すごいや、綺奈ちゃんは」

「えっ」

「今まで庵についての恋愛相談してくる子はいっぱいいたけど、みんなあいつの外見とか
優しくて格好いいとこが好きって言ってたんだ」

「そうなんですか」

「だけど綺奈ちゃんが好きなのは庵の内面。しかも可愛いとまで言っちゃった」

「う……妹として不服でしたか？」

「ううん！　綺奈ちゃんの言う通りあいつってけっこー可愛いとこもあるんだよね～！

絵がものすごく下手だったり、疲れがたまると猫動画ばっかり見ちゃうとかさ！」

よし、任せて!?　と。

ことりちゃんは笑顔で手を叩きました。

「相談してきたってことは、他の子たちと一緒で俺との距離を縮める手伝いをしてほしいんでしょ？　これまではやんわり断ってきたけど、今の話を聞いたら安心できた。私が綺奈ちゃんの恋をサポートして――」

「いえ、逆です」

覚悟を決めるように、私は深く息を吐いてから。

「もし私の気持ちが街川くんにバレそうになったら、彼に悟られないようにフォローしてほしいんです」

「えっ!?　……どうして？」

「私と街川くんじゃ釣り合いませんから」

みんなに好かれる陽キャ優等生と誰にも懐かないソロギャル。

陰キャぼっちな私は庵くんにふさわしくないと思います。

いつものネガティブが炸裂してる気もしますが……。

「今の関係も壊したくないんです。私たちは友だち同士。この関係が崩れるのは、街川くんも嫌だと思いますので」

私にとってＩＯＲＩは憧れのクリエイターでたった一人の親友。

もし告白してフラれたら互いに気マズくなって距離ができてしまう。

そうしたらルームシェアも中止になってしまうかも。

(それだけは、絶対に嫌です)

私の家にお泊まりした夜。

庵くんは私と一緒に成長するためにルームシェアを続けるって言ってくれたんですから。

それに一度庵くんの家を出て一人暮らしに戻ったときに思い知った、孤独。

そして再び同居し始めたときの幸福感を思い出したら、

(もう、庵くんがいない毎日には戻れません)

私たちはルームシェアがバレないように時間をずらして登校しています。

だから毎朝必ず交わすやりとりがあります。

――いってらっしゃい。

――いってきます。

たったそれだけの会話。

けど、私にとってはずっと漫画やアニメの中にしかないと思っていた、日常。

(庵くんと一緒にいられない生活なんて、考えられない)

昨日はついほっぺちゅーまでしてしまいましたが、もう二度としません。

「このままの関係を維持します。絶対に」

「そんな……」

「私たちが付き合うのを好ましく思わない人も多いですしね。教室で街川くんと話している女の子たちの視線を感じますから」

「たしかに、香純みたいに嫉妬しちゃってる子は多いかも」

「6月に彼を拒絶した私が普通に会話してることに怒りを感じてるはず。西野さんもその一人でしょう？」

『はああっ!? なんでソロギャルがいるわけ!?』

教室で松岡組ランチにお呼ばれしたとき、西野萌果さんがひどく驚いていました。

勇気を振り絞って話しかけても、そっぽを向いて無視されましたっけ。

松岡組ＬＩＮＥでは朝比奈さんを懐柔するための方法を考えてくれているそうですが、それも友人である俺くんに頼まれたからでしょう。

「やっぱり、私が街川くんに冷たくしたことを怒ってるんですよね」

「それは違うよ！」

「？　ではなぜ私を無視して……」

「ごめん。詳しい理由は私からは話せない。ただ萌果は見た目は派手だけど、すっごくまじめな子だから。部活だってがんばってるしさ」

「部活?」

「美術部。萌果って将来は美大に進学したいって考えてるんだ。それで、さ。萌果が言ってたんだけど……」

綺奈ちゃんって有名な画家さんなんでしょ? と訊ねられて、心臓に氷柱を突き立てられた気分でした。

(ああ、なるほど)

たしかに私は家庭の事情——鈴原絵眞という画家のせいで、物心ついたときからずっと絵画を描いていました。

海外のコンクールでいくつかの賞を受賞。

美術評論家に『天才の血統』なんて大げさなあだ名をつけられてしまったのも事実。

(ただ、IORIのおかげで漫画やイラストを描くことは大好きになれましたけど、絵画は未だに苦手です)

選択授業も美術じゃなくて書道。

絵の具の匂いを嗅いだだけで吐き気がする。

キャンバスを前にした自分をイメージするだけで震えが止まらない。

あの人に絵を描くことを強制されてた毎日を思い出すから。

（だから実家を出てから絵画は描いてませんでしたけど）

きっと西野さんは才能があるのに作品を発表しない私に怒りを覚えてるんでしょうね。

でも、彼女は庵くんのお友だち。

だからこそやっぱり私は庵くんの恋人にはなれません。

もし私と付き合ったら、西野さんや他の人たちと庵くんの関係が変わってしまうかも。

（それだけは嫌です）

親友が必死に築き上げた交友関係を台無しになんてしたくない。

だから、どうにか庵くんへの想いを吹っ切らなきゃ……。

「だいじょーぶ！　すぐに答えを出さなくてもいいと思うよ？」

「ですが」

「やっぱり綺奈ちゃんってすごいもん。学校で庵が気を張ってるって気づけたこともそうだけど、今まで私に相談してきた女の子って極端な言い方するなら自分のことしか考えてなかったんだ」

　ことりちゃんは私をはげますように、

「庵が好き、庵を恋人にしたい、庵を独り占めしたい！　って感じだった。けど綺奈ちゃんは違う。ちゃんと庵のことも考えてる」

「………」

「私、庵が引き合わせてくれるまで正直綺奈ちゃんのこと誤解してた。クールな女の子だって。でも話してみてわかったの！　綺奈ちゃんはクールなだけじゃない！　ちゃんと人の気持ちを考えられる、とっても優しい子だよ！」

テーブルの上に置かれた私の右手を。

ことりちゃんは温かな両手でにぎってくれました。

「だからもし悩んだら遠慮なく相談して？　他人のために庵への恋心を否定しなくていい。もっと肯定していい。自分の気持ちを大事にしていいんだよ」

「ことりちゃん……」

ぼっちな私にこんなことを言ってくれるのは今まで庵くんしかいませんでした。

だからうれしくてたまらない。

庵くん以外の友だちとここまで仲良くなれるなんて。

放課後に二人で色々な意見を交わしながら下着を選ぶのも楽しかったです。

陽キャカフェから早く逃げたいってあんなにも願ってたのに、今ではもっとことりちゃんとお話がしていたい。

「ことりちゃんとお友だちになれて本当によかったです」

「私も同じ気持ち！　綺奈ちゃんは私と庵が兄妹だって知ってるから、他の人にはできない話ができる！　綺奈ちゃんは私にとってすごく特別な存在だよ！」

春の日差しみたいに温かい言葉。

はげましてくれたことりちゃんに少しでもお礼がしたくて、つい口を開きます。

「そういえば、前に恋愛で悩んでるって言ってましたよね？」

10月に「相手が全然私の気持ちに気づいてくれなくてさ。よかったら今度相談に乗ってよ」と言ってましたっけ。

「私でよければ相談に乗りましょうか？」

「わっ、うれしい！　けどもういいんだ！　あっ、綺奈ちゃんに相談したくないってわけじゃないよ!?」

ことりちゃんは、いつもと同じにこやかな笑顔を浮かべながら、

「私の恋は、叶わない方が幸せだから」

「えっ――」

なぜ、そんな哀しいことを言うんでしょうか。

「だから今は綺奈ちゃんと俺の話をしなきゃ！」

戸惑っていると、ことりちゃんはやや強引に話を変えました。

「前にＬＩＮＥで話したでしょ？　最近俺とすっごく仲良くしてる人がいるって。このま

まじゃその人に庵(いおり)を取られちゃうかも」

「たしかに付き合うかもしれないって言ってましたね」

ことりちゃんがここまで断言するんです。

きっと、私とは真逆の素敵な女の子で――。

「名前まだ言ってなかったよね？　『サバトラ』っていう人なんだけどさ」

&

「綺奈(あやな)、何かあった？」

時刻は夜の9時すぎ。

ダイニングソファに座って私の髪を乾かしてくれていた庵くんが、ドライヤーを止めて訊(たず)ねてきました。

私はソファ前のフローリングにクッションを置いて座り、彼が大きく足を開けた隙間にすっぽりと入るスタイル。

(同棲(どうせい)中のカップルみたいな距離感ですが)

お風呂上りはよくこうして髪を乾かしてもらっています。

きっかけは「髪長いと乾かすの大変でしょ？」と庵くんに言われたこと。

うなずくと「よければやろっか？　昔よくことりの髪を乾かしてたんだ」と返答が。

ちゃんと髪の根元から乾かしてくれるし、キューティクルが傷まないように丁寧に扱ってくれるし、何より好きな人に大事にしてもらえるのは髪だけじゃなく胸の中までぽかぽかになって……。

気づいたら週4で乾かしてもらうようになって、今日も「朝比奈さんの件で悩んでてさ……。気分転換にやらせて?」と難しいお顔をしてたのでお願いしたわけですが、

「……特に何も」

「でもいつもより口数少ないし、目も合わせてくれないし……ごめんね? 夕飯のロールキャベツシチュー、美味しくなかったかな?」

「そうじゃないんですっ」

スタバでことりちゃんから聞いた話が脳内リピート。

『綺奈ちゃんは俺がWEB漫画を作ってること知ってるでしょ? その漫画の作画担当で一緒にルームシェアしてる男の子が、サバトラくん』

ええ、それはもうよく知ってますよ。

実は男の子じゃないことも含めて、と言えない私にことりちゃんは「その人SNSで俺との関係を毎日匂わせてるの!」とスマホを見せてきました。

【IORIお手製クリームコロッケ絶品だったな～】

【IORIとFPS中！　深夜まで一緒にキルしまくるぞぉ！】

【まだアップされてない小説読ませてもらっちゃった！　神作！　やっぱりぼく、IORIの物語大好き～！】

【IORIとルームシェアできて、毎日幸せ!!】

『ほら！　間違いなく庵にガチ恋！　もう夢中だと思う！　最近は男の子同士の恋愛も割とフツーになってきたしさ！』

『どうでしょうかっ。親友との同居生活が楽しすぎてつい実況しちゃっただけかもしれませんよっ』

『お揃いのお茶碗の写真までアップしてるんだよ!?　もはや匂わせしすぎてお味がしてくるよ～！　庵もサバトラくんのことすっごく気に入ってるもん！』

『は!?』

『同居する前から事あるごとに私に自慢してきたんだ。絵が上手くて、趣味が合って、なんでも話せるたった一人のオタ友だって』

『う……』

『庵にとって家は大切な場所。学校みたいに周りの空気を読まなくていいからね。だからこそ家族以外の他人と住むなんて考えられない、家での時間だけは大切にしたいってずっと言ってた。けど、サバトラくんは特別らしいの』

たしかに。

お家での庵くんは学校では決して見せない一面を見せてくれますが。

『この前プールに行ったときも何回もサバトラくんの話を聞かされたもん。本当に優しくて素敵な同居人だって大絶賛で……あれ？　大丈夫？』

『……何がです？』

『顔、真っ赤だよ？　もしかしてデレデレな庵に怒ってる？』

『ええそれはもうもちろんですともっ！』

ＩＯＲＩのばかばかばか。

ことりちゃんに何を言ってるんだよぉ。

おかげでお家に帰ってきてから、恥ずかしくてお顔を見れなくなってしまいました。

だってこれじゃ、つい期待してしまって――。

「あなたに怒ってるわけじゃないんです。実はプールの件で」

「あ、そのこと⁉　本当にごめん！　綺奈も誘うべきだったね」

「えっ、あっ」

「ああいう場所は苦手だと思ってことりと行ったんだ。今度行くときは絶対誘うよ！」

いいえ、私はプールであなたがサバトラを絶賛したのが恥ずかしかっただけで……とは言えませんでした。

（たしかに人ごみは大嫌いですが）

庵くんとなら、プールにだって行きたいですしね。

「はい。ぜひ」

「ありがとう！」

にこやかなお礼の後で、ドライヤーが再稼働。

さっきよりあきらかに庵くんの手つきがうれしそうで、なんだかこそばゆい。

【さっきはごめんね】

と、ことりちゃんからスマホにLINEが。

【スタバであんなこと言っちゃってさ。庵を狙ってる人がいるって聞いたら不安になっちゃうよね】

きわどい内容に息を呑みつつも、後ろにいる同居人に気取られないよう平然を装います。

親友はスマホ画面を覗きこむような人じゃないはず。

というわけで、緊張を押し殺しながらスマホをフリック。

【あの、ことりちゃんはサバトラくんが嫌いだったりするんですか？】

私は毎日オタクトークをTL（タイムライン）に垂れ流して、さらには推しキャラのセンシティブイラストをアップすることもしばしば。

だからあまりよく思われていないのかも。

【まさか！　サバトラくんのイラストは大好き！】

【えええええええっ!?　なんというか、あからさまにバズりを狙ったような……えっちな絵も多いのに？】

【えっと、うちのお母さんってティーンズラブ漫画も割と描いてたから、ここだけの話ああいうえっちな絵は見慣れてるっていうか……む、むしろほんの少し興味があるっていうか……】

どうしよう、天使すぎます。

あんなに無垢（むく）で清楚（せいそ）なのに私のドスケベイラストをほめてくれるなんて。

今すぐオギャバブ天国を建国できそうなくらいママみ100%。

【何が言いたいかっていうと！　サバトラくんを嫌ったりしないよ？　えっちなイラスト以外にもつい見ほれちゃう綺麗（きれい）な絵だってたくさん描いてるし！　いっそ私のことも描いてほしいくらいだもん！】

堕天させたい！

興味があるのならエロゲ布教して私のオタ友2号にしたい！

【ただ、私はサバトラくんよりも綺奈ちゃんを応援する。綺奈ちゃんはすごく特別な友だちだからさ！　色々プラン考えるね？　たとえばお家デートとかいいんじゃない？】

いえ、それを言ったら。

私の生活は毎日がお家デートみたいなもので……。

【二人きりになれたら、いっそちゅーしちゃおう！】

「なっ⁉」

天使からの思わぬ助言につい驚きが口から脱走しました。

すると庵くんもドライヤーの音に負けない声で、

「どうかしたー？」

「何もっ」

後ろにいる彼に赤くなった顔を見られないことを幸いに思いつつも、返信。

【木曜日のＬＨＲ、よろしくお願いします】

【あ、話を逸らしたなー⁉　それも大事だけど今はちゅーだよちゅ～！】

【おやすみなさい】

【お家で二人でまったりしてるときに予想外の攻撃をすれば、普段と違う反応を見せてく

れるはずで──】

　庵くんに不審に思われないように、トーク終了。

　たった一人の女友だちが応援してくれるのはうれしいです。

（でも、やっぱりこの気持ちはちゃんと吹っ切らなくちゃ）

　そのためにも今度の綾坂祭を精一杯がんばりたい。

　好きな人と実行委員のお仕事で結果を出して、お祭りを盛り上げた。

　そんな思い出があればきっと満足できます。

　この恋心に幕を引くことだってできるはず。

「終わったよー」

「ありがとうございます」

「むしろお礼を言うのはこっち。綺奈の髪ってさらさらでブローするの楽しいんだ。いい気分転換になった。ただ、ごめん」

「なぜ謝るんです？」

「実は……見ちゃいけないものが目に入って」

　振り返ると庵くんがひどく深刻なお顔をしていました。

　まさか、さっきのＬＩＮＥを見られて……！

「えっとさ。今日のキミの寝間着、割と胸元が開いてるでしょ？」

「あっ」

「安心して。目はそらしてた。けど今度からその寝間着のときは俺がブローするのはやめよう？」

ソファから立ち上がった庵くんの耳たぶはほんのり赤くなっていました。

黙ってればバレないのに正直に告白してくれたのはなんとも彼らしい誠実さですが……。

(た、たしかに私も油断していましたね)

今着てるネグリジェミニワンピは本日ランジェリーショップでお買い上げしたもの。

ことりちゃんに「絶対似合う！」と花丸100点をもらったのですが、胸元が大きく開いていたせいで、背後からは割と悩ましい眺めになっていたはず。

「——私は気にしませんよ？」

でも今は、いつもとは違う彼の表情がもっと見たい。

立ち上がりながら、恥ずかしさをこらえて言葉を絞り出します。

「服装に関係なくまたしてください」

「けど……」

「親友同士なら平気ですよ。それとも、庵くんは平気じゃないんですか？」

「もう、冗談言うのはやめよう？」

むっ、笑顔でごまかす気ですか。

さすが対人コミュニケーションの鬼。

ちょっとやそっとじゃこの防壁(スマイル)は崩せませんね。

ならば……！

「あなたが見たいなら……好きなだけ、見てもいいんですよ？」

ネグリジェの右肩部分をずり落として、肌を露出させて、誘惑。

「っ」

同居人の笑顔(ガード)が崩れた。

わずかに頬(ほお)を赤らめながらそっぽを向いて……うわぁ。

（か、可愛(かわい)い！）

庵くんのこんな表情が見れるなんて！

冒頭3ページでオチるラブコメチョロインみたいなあざとムーブをかましたかいがありました！

彼が恋心を抱いてくれているかはともかく、この反応は間違いなく私を女性として見てくれているということで――。

（ただ、私の行動はひどく矛盾していますね……）

庵くんへの想(おも)いを振り切らなくちゃいけないのに夜のお誘いみたいなことするなんて。

でも、ことりちゃんと話した通り、陽キャな彼は大変モテます。

いつ彼女さんができてもおかしくないでしょう。

(当然、彼女さんができたらルームシェアできなくなってしまう)

庵くんのこんな顔を見ることもなくなります。

ならせめて今夜くらいは……。

(それに多少大胆なことをしても平気ですよね)

庵くんは絶対に何もしてこない。

彼は陽キャですが、まだ初恋未経験な、優しい男の子なんですから。

「!」

油断していたら、ぽふんっと。

私の体はソファに倒されて……えっ!?

(今、何が起きました?)

まるで格闘技の投げ技。

庵くんに二の腕あたりをつかまれたと思ったら、鮮やかに重心と体勢を崩されて、そのまま優しくソファにダイブさせられて……!

「訂正するよ」

見たことないくらいに真剣な顔で。

ソファに仰向けになった私に覆いかぶさってきた同居人は、

「ああいうことされると、とてもじゃないけど平気じゃいられないね」

少女漫画に出てくる相手役(おとこのこ)みたいな台詞(せりふ)を言った。

「綺奈(あやな)ってすごく綺麗(きれい)だからさ。お風呂上がりのシャンプーの甘い香りがするし、その新しいナイトウェアもよく似合ってて、ブローしてる間もずっとどきどきしてた」

「い、庵(いおり)くん?」

「可愛(かわい)いよ、綺奈」

小声でささやかれて思考がぐつぐつ沸騰。

今にもくちづけされちゃいそうな距離。

ほっぺちゅーはしないって決めたのに、それ以上のことをこれからされるんじゃ……!

「目を閉じて?」

「っ」

言われるがままにまぶたを閉じました。

闇の中。胸の拍動がうるさくて仕方ありません。

でも——この感覚は初めてじゃない。

彼を初めて私のマンションに泊めた夜——。

「綺奈」

明かりの消えた部屋で、私は彼と大人になろうとしたんです。

今はあのときと違って服を着ていますが、このネグリジェの下には本日お買い上げした純白の下着を着けています。

『好きな人に「好き」って言ってもらいたい。優しくされたい。色んな感情を分かち合いたい。たくさん触れ合って、愛し合いたい。それって別におかしいことじゃないでしょ？』

ことりちゃんの言う通りです。

いけないことだってわかってるのに、こんなにも胸がうずいてる。

（ほっぺちゅーは二度としないって決めましたけど）

俺くんが望むなら……あ、あれ以上のことだって……！

「なんてね」

ぷにっと、指で頬をつつかれてしまいました。

まぶたを開けると、そこには同居人のにこやかスマイル。

「こんな風に襲われちゃうこともあるから、今みたいなからかい方はやめようね？」

「まっ……まさか私のことからかって――」

「さ～て。俺もお風呂入ろ～」

「いおりくんっ！」

立ち上がった彼の背中を、両手でぽすぽすぽすぽすぽす連打連打連打。

ああ、もうっ！

てっきり迫られてると思ったのに！

女の子としての覚悟まで決めちゃってたのに！

「先にからかってきたのは綺奈(あやな)だよ」

「だからって押し倒しますか！」

「勉強になったでしょ？　ラノベやアニメだとああいうシーンで主人公が寸止めすることが多いけど、現実はそうじゃない。相手が俺じゃなかったら襲われてたと思う」

「それはそうですが……いくら親友と言えど急に押し倒されたら驚きますよ！　何の伏線もありませんでした！」

「伏線？」

「前にDMで言ってたことがあるじゃないですか！　物語の中で主人公に突発的な行動をさせるとき、何か伏線を入れておくと読者が納得するって！　なのにさっきのあなたの行動には何の伏線もなくて――」

「待って、」

庵(いおり)くんは私の言葉を制しました。

何やらお口に右手を当てて考えこみながら……。

「ナイス、綺奈」

「え？」

「おかげで朝比奈さんを懐柔する方法を思いつけた。そうだ、伏線だ。伏線を使えば……ああバカか俺は！　WEB作家失格だ！　あのエピソードを伏線として利用すれば話がうまくつながる！　こんなことにも気づけなかったなんて……！」

「よくわかりませんが、私の言葉が役に立ったということでしょうか？」

「もちろん！　本当に助かった、これであのプランを使わずに済む！」

「あのプラン？」

「あ、いや、それはともかく！」

詳しくはお風呂でアイディアまとめてから話すよ！　とゴキゲンな庵くん。

うれしそうなお顔を見たら、押し倒されてからかわれたことなんてどうでもよくなってしまいました。

朝比奈(あさひな)さんを懐柔する方法を思いついてくれたこともそうですが。

親友の役に立つという結果を出せたのが、うれしくてたまらなくて——。

——結果を出せない子は、もう必要ない。

不意に、嫌な言葉(きおく)が蘇(よみがえ)ったけど、大丈夫。

結果さえ出せば、陰キャぼっちな私でも庵くんやみんなに必要としてもらえるはず。

（それに親友だからわかります）

庵くんのことですから、この後誘惑したことを優しく注意してくれるでしょう。

――さっきみたいな台詞、もう言っちゃダメだよ。

そんな風にいつもの笑顔で――。

「あとさ。さっきみたいな台詞、俺以外には絶対言っちゃダメだよ」

……ん？

俺以外には？

つまり……庵くんには言ってもいいって、こと？

「……じゃあ、また」

一度もこちらを振り返らずに。

まるで表情を隠すように庵くんはダイニングから出ていきました。

「ううっ」

火照った顔を隠すようにクッションを抱きしめながら、ソファにぽすっと倒れこみます。

ソファの上で両脚をばたばたさせながらなんとか心音を抑えようとしますが、効果はなし。

頭の中で蘇るのはことりちゃんのＬＩＮＥ。

『お家で二人でまったりしてるときに予想外の攻撃をすれば、普段と違う反応を見せてくれる』

たしかにネグリジェ姿で迫ったら普段と違う彼の可愛い姿とご対面できました。

だけど予想外の攻撃を喰らったのはこっちも同じで……！

「……ずるいです」

彼への想いを吹っ切らなきゃいけないのに。

あんなこと言われたらつい期待しちゃう。

「ひょっとしたら、庵くんも……」

私のことが好きなんじゃないかって。

第3話　涙よりもあたたかな

現実でも距離を縮めたＩＯＲＩとサバトラさんだけど、暗黙のルールがあった。

街川庵は鈴原綺奈の寝室には立ち入り禁止。

いくら同居してるからって年ごろの女の子の寝室に入るのはマナーに欠けると思って、今まで足を踏み入れることはなかったんだけど、

「ごめんなさい。こんなお願いして」

「いえいえ。俺だってこの前ひざ枕してもらったしさ」

朝比奈さんとの決戦が終わった木曜日の夜。

綺奈の寝室。

そのベッドの上で、彼女の華奢な腰を後ろから抱きしめるように座りながら、俺は心臓を必死になだめていた。

好きな人の寝室に招待された事実だけで思考がカニみたいにゆで上がりそうなのに、至近距離で感じる女の子成分に動悸がツーバスでも奏でそう。

さらに先日の記憶まで蘇る。

つい勢いで同居人を押し倒してしまった。

俺を誘惑してきたのは、親友としてのからかいだったんだろうけど……。

(頼むから自覚してほしい)

自分がとんでもなく可愛い女の子なんだって。

今でも目に焼き付いている。

真新しいナイトウェアから覗く綺麗な鎖骨。細い肩。さらには豊かな双丘。

お風呂上がりのせいか、興奮と緊張のせいか、桜色に上気した肌。

庇護欲とわずかな嗜虐心をくすぐられる、ソファに押し倒された彼女の潤んだ瞳。

どれもクソザコ恋愛ビギナーにとってはR指定映像。

最後に理性が勝利しなければ、初恋を終わらせるどころか、間違いなく――。

「ことりちゃんにもこうしてあげたことがあるんですよね？」

「まあね。子供のころホラー映画を観たときに」

「私もその話を聞いて、庵くんにこうしてもらえば安心できる気がして」

ホントに？

俺はどきどきして全然安心できないよ？

そもそもそんな理由で同居人を自分のベッドにご招待なんてメチャクチャだ……という正論は頭から戦力外通告にしておこう。

(たぶん、かなりテンパってるんだろうな)

もちろん、今日のLHRはうまくいった。

予想通り朝比奈さんは自分も実行委員をやりたいと主張してきた。

そこで西野さんが「たしかにソロギャルじゃ不安かも。前に庵くんにひどいこと言ったのに今さら仲良くしてるのも気に入らないしさ」と発言。

無論、西野さんの発言は仕込み。

綺奈が話をしやすいように役者になってもらったんだ。

西野さんが「そのあたりソロギャルは何か言いたいことある？」と話を振ると、綺奈は緊張しながらも教壇で言葉をつむいだ。


『私が街川くんと実行委員をしてることに不満を感じる人がいるのは当然だと思います。今年の6月、私は彼に「世界で一番嫌い」なんて言ったんですから。でも——それには理由があって』

『実は5月に、私は街川くんに告白したんです』


綺奈の言葉に、教室中がどよめいた。

『はぁあああ!?　嘘だろ!?』

『た、たしかに庵くんはモテるけど……！』

『えっ!?　待って！　てことはもしかして綺奈ちゃんって……！』

　驚く演技をしながら、ことりが会話を誘導。

『庵に告白してフラれちゃったってこと!?』

『はい。ことりちゃんの言う通りです』

『あっ！　そ、そっか！』

『それで隣の席になったときついひどいこと言っちゃったの!?』

『ええ。私はあのときの行いをすごく後悔しました。だからせめてもの罪滅ぼしに街川くんのお手伝いができればと思って、実行委員に立候補したんです』

　もちろん、綺奈が語った内容はすべて嘘（シナリオ）。

　俺が執筆した原稿だ。

　過去に起きた出来事（エピソード）を伏線として利用して、朝比奈さんたちを納得させるための理由を創作した。

　フラれた結果俺に冷たくしたというのは現実感（リアリティ）がある。

（朝比奈さんも俺に平手打ちしてきたしね）

さらには失恋した者同士だということにすれば綺奈に嫉妬してた朝比奈さんも仲間意識を抱き、同情する。

その証拠に、掌で口を覆って言葉を失う朝比奈さんの瞳には驚愕と後悔が浮かんでいた。

畳みかけるように、綺奈は今までそっけない態度を取ってきたことを謝罪。

本当に申し訳なかった。

自分は人間関係がわずらわしくて、他人を避けたくて、みんなに冷たくしてしまった。

これからは今まで迷惑をかけてしまったクラスのみんなのためにも、精一杯綾坂祭を盛り上げたい。

『だ、だから……お願いします！　こんな私でよければ実行委員を続けさせて欲しいです！　みなさんの力を貸してください！』

彼女の言葉に、アンチ鈴原派隊長の朝比奈さんが「もちろんよ！」と掌ドリルした瞬間、流れが変わった。

（スピーチ内容はほぼ俺が書いた原稿だけど、この家で何時間も練習してくれたせいか、すごく気持ちがこもってたしね）

教室からは拍手まで飛び出し、綾坂祭に向けて一致団結。

無事にLHRをまとめられたことで綺奈自身も自信を持てた。

目論見通り、これにて万事丸く収まった……はずだったんだけど、

「ど、どうしましょう……」

ゴキゲンで帰宅した後、ことりから【萌果から話があるらしいんだ。三人でLINEしない？】と綺奈にお誘いが。

ひどく狼狽した同居人は俺を寝室まで引っ張りこんだというわけだ。

「よ、世も末です……まさかパリピギャルとLINEする日が来るとは……！」

自分も見た目はギャルなのにと苦笑しつつも、綺奈を落ちつかせたくて頭をなでる。

「庵くんもLINEを一緒に見ててください」

「ホントにホラー映画を観てるみたいだ」

「怖いシーンになったら手を握ってくださいっ」

「西野さんをジェイソンか何かと勘違いしてない？」

「IORIぃ！」

「あ、ごめんなさい。そこまでじゃないですよね？」

「ジェイソン様はむしろ好きだよ！　ウェイしてるパリピとかよく殺してくれるもん！」

「ゴキを食べてくれるクモみたいな扱いですね」

なんて言いつつも、親友の背中越しにスマホをのぞきこむ。
【じゃあ、始めよっか〜】
【お話の前に、ありがとうございました。今日は助けてくれて】
【別に？　あたしは庵くんに頼まれたから助けただけだし】
西野さんからのそっけない塩対応に、あきらかに落ちこむ綺奈。
彼女の気持ちをほぐしたくて、スマホを持ってない左手をにぎる。
【ごめんね。萌果がそっけない態度取って】
綺奈を気づかってたのはことりも一緒だったっぽい。
シュポっという音とともに届いたＬＩＮＥは、
【萌果って、実は綺奈ちゃんのファンなんだ】
「は？」
ぽかんと口を開ける綺奈。
うん、びっくりするのもわかる。
俺も昨日ことりから事情を聞いたときは驚いたしね。

&

「西野さんが鈴原さんのファン？」

「そう。綺奈ちゃんが描いた絵画が大好きなんだって」

昼休み。綾坂高校の屋上。

いつもは生徒立ち入り禁止の場所。屋上の隅に置かれたベンチに座りながら、ことりはおにぎり片手にうなずいた。

ＬＩＮＥじゃなくて直接相談したいことがあるとここに呼び出されたんだけど、

「萌果には秘密にしてって言われてたけど、俺になら話してもいいかなって」

「俺でよければ相談に乗るよ」

「ふふ、助かるぜブラザー」

「お礼も受け取っちゃったしね」

相談に乗ってくれたらごはん作ってあげる！　と言われたので本日のランチは堀内弁当。

才色兼備な妹は料理の腕前もかなりのもの。

洋食なら俺に分があるけど、和食を作らせたら勝てる気がしない。

「しかもちょうど食べたかったヤツ」

「お、やっぱり？　なんだか庵が食べたがってる気がしたんだ」

「双子の以心伝心か」

二人分のお弁当箱の中には、ツナマヨと明太子のおにぎり、鳥のから揚げ、タコ型ウィンナー、そして卵焼き。

「やっぱり最強セット、、、は定期的に食べたくなるよ」

「あはは、その呼び方懐かしい～。二人で初めて作ったごはんがこれだったよね」

「小4の運動会な。母さんの仕事（しめきり）が前倒しになってお弁当作れないってなったとき二人でがんばったっけ」

「『最強のお弁当を作る！』ってね！」

あのころは二人とも料理ビギナーで苦労したんだよな。

二人でスーパーで食材を買って、朝早起きしてキッチンで料理して、運動会当日は見学に来た母さんや父さんにも喜んで食べてもらえたっけ。

「やっぱりことりの作ったおにぎりが一番おいしい。優しい味がする」

「えへへ、庵（いおり）にほめてもらえるなら作ったかいあったな～。あ、おみそ汁飲む？　水筒に入れてあるからあったかいよ？」

「ことりって今すぐにでもお嫁さんになれそうだよな」

料理の腕も申し分ないし、とにかく気が利く。

「あ、話がそれた。西野（にしの）さんの件だけど」

「萌果（もか）って美大志望でしょ？　美術にハマったきっかけが、子供のころに綺奈（あやな）ちゃんの絵を観（み）たからなんだって」

「高校に入る前からファンだったってことか」

「小6のときに美術館で綺奈ちゃんの絵を観て、自分と同い年の子がこんなにすごい絵を描けるのかって感動したんだとか。だから綺奈ちゃんみたいに絵が上手（うま）くなりたくて中高で美術部に入ったんだって」

「ガチ度すごっ」

「でしょ⁉　萌果にとって綺奈ちゃんは最推し。近づくと緊張で何を話したらいいかわかんなくなって挙動不審になっちゃう。だから……」

「推しにおかしな人だと思われたくなくて、つい遠ざけるような言動しちゃってたのか」

「相変わらず察しがよろしい！　話早くて助かるよ！」

ことりはおにぎりをほおばった後で、

「綺奈ちゃん、私や俺とは話すようになったでしょ？　そのせいか萌果もいつまでもこのままじゃ嫌だって思ったみたいで」

「鈴原（すずはら）さんと友だちになりたいわけか。なら二人で話し合えばいいと思うよ」

「えっ、綺奈ちゃんって萌果が苦手っぽくない？」

「対面で話すのは無理でもＬＩＮＥならなんとかなるはずだ」

緊張はするだろうけど、チャットの方がハードルは低い。

家（うち）なら俺もそばにいてやれるしね。

「ありがと〜！　早速萌果と相談してみる！」

「力になれてよかったよ。ことりは俺や鈴原さんのサポートもしてくれてるしさ」

「これでもクラス委員閣下様だからね～」

「他にもクラスメイトの相談によく乗ったりしてるだろ？」

「俺もそうでしょ？　ここの鍵をゲットしたのもそれがきっかけだし」

「まあな」

天文部の男子の恋愛相談に乗ったら、お礼に屋上の合鍵をくれたのだ。

「普段は立ち入り禁止だから、彼女と二人きりになりたかったら使っていいぜ！　俺らが持ちこんだベンチもあるしさ！」みたいな感じで。

「ただ相談件数ならことりの方が断然多い」

「それは……」

「大丈夫か？　厄介な相談事ととか持ちかけられてないか？」

「う～ん、相談事ってわけではないんだけど」

ことりは困ったように苦笑してから。

「最近山岸くんからＬＩＮＥがきた」

「っ。なんて言われた？」

「大したことないよ。ただプールに誘われただけ」

山岸め。俺との電話では謝罪してたけど、ことりのことをまだあきらめきれなくて、どこから連絡先を入手したのか？

　この様子だと、俺と綺奈が一緒にいたことまでは話してないみたいだけどさ。

「ま、やんわりお断りしたけどね〜。相変わらず偉そうだったし」

「たまには怒っていいんだぞ？　おまえって周りから『いい子』扱いされすぎて、他人のお願いを押し付けられることも多かったしさ」

　それでもことりは常に笑顔で周囲の期待に応え続けたっけ。

　昔から妹がいるクラスは人間関係トラブルが起きることがほぼなかった。

　ことりが事前にトラブルの芽を摘み取り、悩みを抱えた級友の相談に乗り、クラスのリーダー兼ムードメーカーとして輝き続けたからだ。

（ただ、兄としては少し心配だよな……）

　ときどき、ことりが教室をまとめるために無理をしてるように見えて――。

「だいじょーぶ！」

　隣に座った妹は健気に微笑んだ。

「たしかにいい子扱いされすぎて疲れちゃうときもあるけど、私には庵がいる。庵の前ならいい子な私じゃない一面も見せられるしさ」

「ことり……」

「たとえば本日の下着は驚きのＢＬＡＣＫ！　どうだ！　いい子っぽくないでしょ⁉」

「唐突に下着カラー申告すんな。せっかくのおにぎりがマズくなる」

「ひっど!?　何その冷めた目!　どきどきしないの!?」

「双子相手にか?　下着どころか裸を見るのも日常だったろ」

「なっ」

「小4まで一緒に風呂入ってたしさ。てか、たしかにことりはいい子じゃない一面もあるよな。昔机の二重底の下に『恥ずかしランジェリー～下着の色はあの人の好み～』ってティーンズラブ漫画を隠してて、夜な夜な読んでたじゃん」

「ほれ。パンチラ」

「っ」

「や～い、妹パンツにどきどきしてやがる～、ちょっとスカートめくっただけなのに～」

「からあげ吐き出させる気か!?　学校にヒモパン穿いてくんな!」

「俺にしか見せないから問題ないもん」

「服のセンス変わってないな。小6の夏休みにも母さんのアマゾンアカウント使ってエロ下着買ったのがバレて『お兄ちゃん一緒に謝ってぇ!?』って土下座してきたっけ」

「ちょ、信じらんない!?」

「自分のムッツリドスケベな行動が?」

「女子の秘密を堂々と語る人間性がだよこのばか兄がぁ!」

「安心しろアホ妹。俺がこんなことするのはおまえだけだ」

双子の距離感ゼロな会話（インファイト）をしつつも。

ぷんすかお怒りな妹をなだめるために、俺はことりの頭を軽くなでた。

&

【うわあああごめんなさいごめんなさい〜！　あたし、世界のＡＹＡＮＡ　ＳＵＺＵＨＡＲＡになんて失礼を〜！】

ひとしきり事情を説明（ＬＩＮＥ）した西野（にしの）さんは、綺奈（あやな）に謝罪していた。

【いえ。そっけなくしてたのは私も一緒ですし。というか、もっとくだけた呼び方をしてもらって結構ですよ】

【マ!?　だ、だったら！　「綺奈さん」って呼んでいい？】

【まだ固くな〜い？】

【うっさいことり!?　相手は世界のＡＹＡＮＡ　ＳＵＺＵＨＡＲＡ！　ガチ推しなの！　画集だって観賞用と保存用に二冊持ってるし、なんならスマホの壁紙だって綺奈さんの絵画にしてる！　ぶっちゃけサインもらいたいくらいなの！】

【絵画は色々と辛（つら）くて描けませんが、サインならいくらでもしますよ？】

【ふえええええっ!?　あざますあざますあざます家宝にしますインスタのヘッダーにします

綺奈さん神しゅぎりゅう！　推しが今日もクールでかっこよ～！】

「喜んでもらえて、よかったです」

うん、ホントにね。

ただ、さすがにLINEが終わったら俺と密着してる状況に違和感を覚えるはずで――。

「!?」

予想は外れた。

体を反転させてこちらを向いた綺奈が、ベッドの上で俺に抱きついてきた。

「ありがとうございます！」

吐息すらかかる至近距離。

気持ちを伝えるみたいに抱きしめながら、お礼を言ってくる。

「全部、庵くんのおかげです！　今日のLHRでクラスのみんなとの距離が縮まった気がします！　ずっとそっけなくしてたことも謝れました！　それに西野さんともお友だちになれて……！」

「綺奈ががんばったからだよ。実行委員の仕事もちゃんとやってるし、何度もスピーチの練習してた。その成果を今日出せたんだ」

「がんばれたのは庵くんがいてくれたからですよ！」

体温を分け合うみたいに。

綺奈は柔らかな肢体で俺の体を抱きしめながら、

「ずっと、友だちなんていらないって思ってたんだ」

言いづらいことなのか、ネットの口調で静かに打ち明けてくれた。

「他人とはわかり合うことなんかできない。そう信じてた。ぼくはあの人……お母さんともわかり合えなかったから」

抱きしめられてるせいで、綺奈の顔は見えない。

「物心ついたころから、お母さんに絵を描くことを強制されてきたんだ。『絵を描くことしか才能がない』『あんたは私の物でしかない』『私の役に立ちなさい！』。何度もそう言い聞かされて、いつの間にか絵を描くことが大嫌いになってた……」

ひょっとしたら綺奈は泣いているのかもしれなかった。

だけど、彼女がこぼすのは涙だけじゃない。

「――現実で人間と接することも、大嫌いになってたんだ」

親友にすら打ち明けることができなかった、過去。

「肉親とすらわかり合えないんだから、学校のみんなと仲良くなれるはずがない。友だちなんて作れない。みんなは当たり前のようにやってるけど、ぼくには絶対に無理。だってぼくには……絵を描く以外何の才能もないんだから」

ひょっとしたら、俺たちは似た者同士なのかもしれないって思った。

鼓膜の奥で蘇るのは、いじめられたときに心に刻まれた台詞。

——おまえは必要とされてない人間だ！

——誰にも好かれない。

——いついなくなったっていいんだぜ？

もしかしたら街川庵も鈴原綺奈と同じで、心の深いところでは他人とわかり合うことなんてできないって思ってたのかもしれない。

誰からも必要とされないんじゃないか？

表面上は笑い合えてもそれは所詮見せかけで自分は好かれてないんじゃないか？

自分の存在する意味なんてないんじゃないか？

そんな不安が、決して消えない傷として街川庵を蝕んでいた。

『庵くんは学校ではいつも笑顔ですが、常に周りに気を配って隙を見せないようにしてる気がします』

綺奈の言葉通りずっと周囲を警戒して壁を築いてた。

不安を消すために、必死に作り笑顔を磨いて、友だちを増やして、陽キャを演じたけど
……クラスメイトに心を開けなかった。

両親やことりにも心配されたくなくて悩んでることを打ち明けられなかった。

それが——ひどくさびしかったんだ。

「そんなぼくを、ＩＯＲＩが救ってくれたんだ！」

だからこそ、綺奈の言葉は刺さった。

悩んでたのは、自分一人だけじゃないってわかったから。

「キミが書いた物語に憧れてぼくはイラストを描き始めた！　ネットに上げたイラストを
キミがほめてくれたおかげで、絵を描くことが大好きになれた！　一緒に暮らす毎日の中
で、他人とつながることの温かさをキミが教えてくれたんだ！」

さっきまで涙を隠すみたいに俺の肩に顔をうずめてたのに、今は顔を上げている。

端整な輪郭を彩るのは、淡くやわらかな微笑み。

「——ありがとね？　心の底から言えるよ。ぼくにとってキミは世界で一番大切な存在だ。

大好きな友だち。ＩＯＲＩがいてくれて、本当によかったよ」

私だって同じ気持ちです。

サバトラさんはたった一人の親友。

やっとできた心を開ける大好きな友だち。

あなたが私を救ってくれたんですよ。

そんな風にうなずきたかったけど――。

「……庵くん？」

黙っている俺を不思議に思ったのか、綺奈が見つめてきた。

透き通った大きな瞳。

そこに映った街川庵の表情に、いつもの笑顔はなかった。

「ご、ごめんね？」

口から出たのは、信じられないくらいかすれた涙声。

オイ、嘘だろ、笑顔製造機？

涙を流すなんて何年ぶりだ？

（笑え！　笑えよ!?　いつもみたいに笑顔を作れ！）

じゃないと綺奈が不安になる。自分のせいだ。悲しい話を聞かせたせいで親友を泣かせてしまったって気に病む。せっかくつけた自信をなくしてしまう。子供みたいに情けなく泣いてる場合じゃないのに。

どうしても、消えない。

必要としてくれた。

大好きな友だちだって言ってくれた。

街川庵という人間(そんざい)を肯定してくれた。

彼女の言葉が頭の中で何度もリフレインして、感情(なみだ)が止まらなくて——。

「——泣いちゃっても、いいですよ？」

頬(ほお)に感じる瑞々(みずみず)しくて温かなやわらかさ。

涙じゃない。

頬を伝う涙をぬぐうように、綺奈の唇が頬に触れていた。

「綺奈？」

吐息すら届く距離にある顔を見つめる。

すると、綺奈は白磁の頬を薔薇色(ばらいろ)に染めながらも、はにかんで、

「好きなだけ泣いていいです」

さっき触れた頬とは逆の頬に、涙よりもあたたかなくちづけを贈る。

——なぜ俺が泣いているのか？

そんな野暮(やぼ)な詮索はせずに。

なぐさめるように、慈しむように、包みこむように、寄りそうように。

どこまでも優しくて、ほんのちょっぴりおっかなびっくりな、不器用なキスをくれる。

「わかります。きっと庵くんは、今までいっぱい感情(なみだ)を我慢してきたんだと思います。絵を描かされてたときの私と同じように」

「あなたはいつも優しい陽キャな優等生。周囲に笑顔を振りまいています。だから、たとえ辛いことがあっても、悲しいことがあっても、泣かないように堪えてきたのでは？」

正解だ。

他人に付け込まれる隙や弱みは絶対に見せない。それが街川庵の生き方だった。

でも――同居人の前でだけは、違う。

「ああ、もう。キミにだけは勝てないや」

白旗を上げると、綺奈はくすくすと笑みをこぼした。

「私もあなたにだけは勝てません。泣いてるあなたを見て、つい可愛いって思っちゃいましたから」

「おいコラ親友」

「ふふ。仕方ないでしょう？　学校での格好いい姿とはギャップがあって……やっぱり、キュートです」

「キスの次はほめ殺し？」

「あなたがそれを言いますか。ほめ殺しレベルでいったら私は初犯であなたは大量殺人犯。ジョン・ウィックも真っ青です」

「あはは、大した殺し屋さんだ」

「……っ」

「……そういう笑顔も可愛いので反則です」

「そんなに学校とは違うかな？」

「ええ。ただ……この笑顔を見せるのは私だけにしてほしいですっ。これ以上庵くんがモテたら『街川庵をストーキングする友の会』が結成されそうですから」

「もう、大げさだよ」

笑った拍子に一筋涙がこぼれると、綺奈がまた頬にくちづけをくれた。

照れくさそうに頬を緩ませながら、やわらかな細腕で俺の体を抱きしめてくれる。

好きな女の子のベッドの上で、互いの体に触れ合っている。

（綺奈が好きだ）

ようやく芽生えた恋心は感情という名の茨で心を締め付けて、恋愛という果実を実らせようとしてくるけど、わかってる。

俺はこの初恋を枯らさなくちゃいけない。

ただ、それでも――今だけは、俺をはげますためにキスをくれた親友との時間を壊したくなかった。

（こんなことを言うのは矛盾してるかもしれないけど）

なんだか本当の意味で、綺奈と親友になれた気がした。

それくらい深くつながれた気がしたんだ。

第4話　2秒

「こんなことを言うのは矛盾してるかもしれないけど、なんだか本当の意味で綺奈と親友になれた気がするよ」

　涙が収まって、抱き合っていた体を離して。

　二人でベッドのふちに並んで腰かけながら、俺はついさっき思い浮かべた言葉を伝えてしまった。

（なんかいつも以上に恥ずかしい台詞を言ってないか？）

　落ちつけクソザコ恋愛ビギナー、脳ミソが仕事してないぞ？

　たった今親友と交わした行為が頭の中で蘇って、思考回路がエラーを起こしそう。

（まあ、けど）

　頬にキスまでなら問題ないはずさ。

　俺たちは親友同士。

　あれはあくまで綺奈が俺をはげますための手段。

　ギリギリ友だちとしてのスキンシップの範囲内のはずで――。

「――すごく、うれしいです」

が。

「私も同じことを考えていました。今まで以上に、庵くんとつながれた気がして」

俺が抱いた安堵感は、紙吹雪みたいにあっさりと吹き飛んだ。

キス。

綺奈が再びくちづけをしてきた。

「いおりくん……」

甘くとろけた声で名前を呼ばれた次の瞬間、唇を奪われていた。

驚いて固まるしかなかった。

すがりつくみたいに俺のシャツをつかむ細い指。

ひどく熱を持った彼女の体温が伝わってくる。

時間にして２秒にも満たない、一瞬だけのくちづけ。

「んっ……」

ちゅっ、とかすかな水音を立てて唇が離れた。

綺奈はお風呂でのぼせたみたいにぼんやりとした表情をしていた。

少女のあどけなさと、凛とした大人の女性が持つ色香。

相反する二つの魅力がカクテルみたいに混ざり合って、見てるだけでどきりとする。

早鐘のように鳴り響く心音の中で。

うっとりと、まるで夢の世界にでもいるみたいに、赤らんだ頬(ほお)を緩ませながら、綺奈(あやな)は再び唇を重ねようとして——。

「!?」

着信音で我に返った。

机に置かれたスマホを見ると、ことりから電話が。

悪いと思いつつも、つい反射的にスマホの電源をオフるが、

「あっ——」

自分が何をしたのか。

何をしてしまったのか。

それを自覚したのか、俺と視線が合った瞬間、綺奈は瞳を伏せた。

ついさっきあれだけ大胆なことをしたっていうのに、こんな初心(うぶ)な反応をされるのは正直たまらないんだけど……。

(考えろ)

働け理性。回れ思考。

今は親友をフォローすることが先決だ。

この反応から察するに、今のキスは意図してやったものじゃない。

(前々から推測してたけど、さっきの話を聞いて確信できた)

綺奈は――ずっと母親から虐げられていた。

理由はわからないけど、病的なまでに絵を描くことを強いられてたんだ。

そして反抗した結果、実家を追い出されるという育児放棄に遭った。

(色んな文献を読んだけど、『愛着障害』って呼ばれる状態が近いのかもしれない)

幼いころに親……つまりは養育者と心理的なつながりを作れなかった子供は対人関係においてトラブルを抱えてしまうことがあるそうだ。

症状は様々。

そして愛着障害は成長しても続くことがある。

対人関係を築くときに、他人との適切な距離感がわからなくなったり、自分の感情のコントロールが苦手になったり……。

大人になっても、養育者とのつながりを作れなかった後遺症に苦しめられる。

(綺奈は他者からの愛情が絶望的に足りてない)

親から愛された経験がない。

だからこそ、無意識のうちに欲している。

他者からの愛情に飢えているといっても過言じゃない。

けれど、母親から受けた仕打ちのせいで現実世界で他人と関われなかった。

関わることを恐れてたんだ。

また傷つけられるのが、ただただ怖くて。

(でも、出会ってしまった)

街川庵。

唯一心を開ける親友と。

だからこそ俺とより深くつながれたと感じたとき、今までずっと堪えてた愛情を求める気持ちが爆発して——無意識にキスをしてしまった。

他人との距離感がわからないまま、感情をコントロールできなくなったんだ。

「ごめんなさいっ！」

綺奈は逃げるように立ち上がった。

「い、今のは……体が勝手に動いちゃって……」

表情に浮かぶのは、羞恥、後悔、恐怖。

欲望のままに行動してしまった恥ずかしさ。

一方的に親友の唇を奪ってしまった申し訳なさ。

さらには俺に嫌われて拒絶されたらどうしようという不安。
その感情から逃避するように、綺奈は焦った様子で部屋から出ていこうとした。
「綺奈」
精一杯頭を回してたどり着いた結論。
街川庵が鈴原綺奈のためにできること。
羞恥、後悔、恐怖。
その三つの感情を振り払うために、
俺は――綺奈にキスをしていた。
部屋を出る寸前の親友と唇を重ねる。
さっきと同じように2秒にも満たない不器用なキス。
「……庵くん?」
触れ合った唇を離した後で、彼女はひどく驚いた様子で見つめてきた。
たった今キスを交わしたばかりのまだ幼さの残る少女の輪郭。
見てるだけで独占欲と支配欲が膨れ上がる。
このまま強引に自分のものにしたくなる。

そんな願望を必死に抹殺しながら――。

「今のは、お返し」

精一杯の照れ笑顔を作った。

途端、キスされたという事実を改めて自覚したのか、彼女の柔肌が一気に熱を帯びる。

「お、お返しって……！」

「先にしてきたのはキミじゃん」

「あれは……！」

「ありがとう。俺のこと、気づかってくれたんだよね？」

「えっ」

「オープンオタクなんて呼ばれてるけど、実は偽陽キャで女性経験もゼロ。それが俺のコンプレックス。綺奈は優しいからさ。LHRでサポートしたお礼に俺のコンプレックスを解消してくれようとしたんじゃない？」

もちろん綺奈がそう考えたとは思ってない。

でも、今は彼女の行動を正当化するのが最適解。

――せっかくLHRを乗り切って、友だちも増えて、親友との距離も縮まったのに。

――また失敗してしまった！

――やっぱり私は絵を描くことしかできない駄目な人間なんだ……！

そんな風に自分を追い詰めたら積み上げた自信が崩れてしまう。

だからこそ、彼女を全肯定。

さらには共感を示すための台詞回しを構築。

「うれしかったよ。綺奈とキスできて」

そう、学術書を研究して知った愛着障害への有効的な対処法。

その一つは、足りていなかった愛情を満たしてくれるパートナーを見つけること。

『誰か』が居場所になってあげることだ。

「で、でも！　恋人じゃないのにあんなことするなんて……！」

「それを言ったら俺たちは恋人じゃないのに同居してるじゃん」

「たしかにそうですが……」

「だから今のも親友同士のスキンシップの延長だよ」

「私にキスされて……嫌じゃなかったですか？」

「全然！　むしろ胸の奥があったかい。すごく幸せな気持ち！」

もちろん恥ずかしさレベルは致死量オーバー！

けど今は綺奈を気づかうこと以外何も考えるな！

「綺奈ならわかるんじゃないかな？　俺って友だちは多いけど、みんなと距離を置いてた。

でも、心のどこかでは他人との深いつながりを……誰かと交友を深めることで得られる愛情を求めてたんだと思う」

「庵くん……」

「だから綺奈にキスしてもらえてすごくうれしかったよ。本当にありがとう。ただ……」

「……ただ？」

「うれしすぎて、俺からもしちゃったけどさ」

「う……!?」

紅潮していた頬がさらに燃え上がる。

親友は潤んだ瞳を伏せ、赤い顔を隠すように俺の胸にぽすっと額を預けてきた。

「……庵くんの、ばか」

「ばかとはひどいな」

「親友として心配になるんですよっ。約束してください。こんな勘違いするようなこと好きな人ができるまでは私にしかやっちゃだめですっ。複数の女の子にしたらストーキングする友の会どころか学校に血の雨が降ります。街川庵争奪戦争が勃発するでしょう！」

「心配しなくても、キミにしかしないよ」

「っ。ぜ、絶対ですよ？」

「ああ。その代わり約束してほしい」

甘えてくる綺奈は可愛いけど、親友として心配になる。

世の中は悪人ばかりじゃないけど聖人ばかりでもない。

愛情に飢えた未成年をSNSで言葉巧みに甘やかして、自己肯定感を与えて信頼を勝ち取り仲間にしてから、パパ活や闇バイトの底なし沼に堕とす。

そんなネットニュースはよく見る。

(心を開ける友人が増えるのはいいけど、誰かれ構わず簡単に隙を見せてほしくない)

警告の意味もこめて、少し強い言葉を言う。

「さっきみたいなこと、恋人ができるまで俺にしかやっちゃダメだ」

「なっ」

「誰かと触れ合いたい気持ちはわかる。ただ、他の人にはしないでほしい」

「そ、そんなのわかってます！　ばかにしないでください！　誰にでもああいうことをする貞操ゆるゆる尻軽おビッチだと思ってたんですか⁉」

「もちろんそんなこと思ってないけどさ」

「あんなこと……あなたにしかしません」

「そ、そう？」

「そ、そうです。親友なんですからそれくらいわかってくださいっ」

非難しつつも、綺奈が細腕で強く抱きしめてきた。

応えるように、左手で華奢な腰を抱きしめ、頭をゆっくりとなでる。

（これで大丈夫）

突然キスをしてしまった羞恥を払うために、俺からもキスをした。

俺の唇を奪ってしまった後悔を払しょくするために、彼女を肯定して共感を示した。

俺に嫌われたらどうしようという不安を打ち消すために、ありったけの感謝を伝え、体を抱きしめる。

三つの行動で、彼女の自信が壊れるのは防げたはず。

（それに）

きっと、今の言葉は俺の本音でもあったんだ。

他者からの愛情を欲していたのは街川庵も同じだから。

（ただ、もちろん……）

羞恥心メーターはとっくに振り切れてる。

しばらく抱き合った後、照れた笑顔を浮かべる彼女と別れて、何食わぬ顔で自分の部屋に戻ってから――。

ベッドに倒れこんで声にならない叫びを上げた。

――親友のためとはいえなんてキザな台詞を言ってるんだ俺っ！

――しかもファーストキスを奪われた後に自分からキスするとか！

――15年間初恋童貞だったくせにスキップで大人の階段上っててんじゃねえよ!?

昂(たかぶ)った感情をなだめたくて、声には出せない本音を枕に顔をうずめて発散。

もちろん後悔はしてない。

それでも顔が熱くなって仕方ない。

ついさっきまで綺奈(あやな)と触れ合っていた唇をなでてしまう。

ほんの一瞬だったけど……。

「……キス、したんだよな」

隣の部屋との壁は意外と薄いので、隣人(あやな)に聞こえないよう小声でつぶやく。

好きな女の子とキスできた。

夢みたいな現実に頬(ほお)が緩みかける。

(だけど――)

い、いや、もう二度と綺奈とこんなことはしない。

さっきは「親友同士のスキンシップの延長」とか「恋人ができるまで俺にしかやっちゃダメだ」なんて言ったけど、これ以上接触を増やしたら戻れなくなると理性が警告してる。

綺奈は他者からの愛情に飢えていた。

そう、あくまでそれだけ。

さっきのキスに恋愛感情なんてないはずなんだから。

「どうしよう……」

響いたのは隣室からの独り言。

ああ、そっか、綺奈は独り言を言うのがくせになってるんだった。

今まで色んな独り言を聞いてしまったせいか、壁が薄いことを未だに打ち明けられなかったっけ。

「あんなこと、もう二度としちゃダメだ……」

よかった、と独り言を聞きながらうなずく。

綺奈も同じことを考えてくれてたっぽい。

そうさ。

街川庵と鈴原綺奈は互いの唇への不可侵条約を結ぶべきだ。

俺たちは親友同士。

さっきのキスに恋愛感情なんてないんだから。


「──このままじゃ、ＩＯＲＩのことますます大好きになっちゃうよぉ」


いや、それってどういう感情？

なんてことはもちろん言えない俺は、再び枕に顔を押しつけながら声にならない叫びを爆発させた。

第5話　今でもときどき

堀内（ほりうち）ことりの一番の長所。

それは間違いなく「人に好かれやすいこと」だと私は思う。

自分で言うものなんだけど、生まれ持った容姿とか、明るい性格とか、勉強やスポーツを無難にこなせるスペックとか……。

そんな才能のおかげで、私の人生はつよつよ楽勝ルート。

「ことりちゃん！　一緒に遊ぼ〜！」

「なぁなぁことり！　今日の給食当番、オレが代わってやろっか？」

「堀内さん家の娘さん、ホントいい子よねぇ。うちの子と交換したいわぁ」

何もしなくても友だちが増えたし、
勝手に周りが優しくしてくれたし、
ただ笑ってるだけで『いい子』扱いされた。

（だから子供のころは、現実は子供向けの絵本と同（おんな）じだって思ってた）

みんなが笑顔になるハッピーな展開ばかり。

辛（つら）いことなんて一つもないでしょ？　と遊園地ではしゃぐ子供みたいに私は毎日を謳歌（エンジョイ）

してたの。

うん。

思い返すだけで、殺してやりたいくらい愚かだね。

毎日友人たちと遊ぶことに夢中な私は気づけなかった。

双子の兄がいじめられてたことに。

今でもときどき夢に見る。

庵が被害者だと家族が気づいたきっかけは、私。

小学3年生の11月22日、17時32分。

両親は仕事でいない中、近所の友だちの家でゲームをしていた私がゴキゲンな足取りで自宅に帰ると、リビングに兄がいた。


真っ赤な血を口から吐いて、床に倒れていた。


今でもときどき夢に見る。

力なく横たわったままお腹を押さえて痙攣している幼い庵。ゲームキャラがプリントされたシャツを赤黒く染めた吐血。苦痛に歪んだ青白い顔。氷みたいに冷え切った体。生まれてからずっと一緒だった半身の変わり果てた姿。

半狂乱で泣き叫びながら119番した。

あのときは本気で庵(いおり)が死んじゃうって怖かったの。

病院の診断はストレス性の小児胃潰瘍。

家族に心配かけたくなくていじめや症状をずっと隠していた庵は、3週間も入院した……。

(その間に、私はひそかに行動を起こした)

怒りを押し殺して、隣のクラスで兄をいじめてた男子たちを問い詰めたの。

最初は「庵が太ってるからいじめた」って言い訳された。

たしかに当時の庵は太ってた。

けど、それだけでああなるまでいじめる……?

幼いながらに疑問に思ったけど、庵のクラスの女子たちから話を聞いた瞬間、私は生涯忘れられない答えを手に入れた。

「うちの男子たち、庵くんに嫉妬してたからね～」

「デブのくせに双子だからってことりちゃんと仲良くしすぎってさ！」

「『あんなに可愛(かわい)い妹がいるんだから、ちょっとくらいいじめたって平気だろ』って山岸(やまぎし)が言ってた！」

「まあ、ことりちゃんってすっごい可愛いから仕方ないよね……え!? ことりちゃん、なんで泣いてるの!?」

「庵くんがいじめられてても気にせず遊んでたじゃん!」

今でもときどき夢に見る。

真夜中に冷や汗いっぱいで飛び起きる。

庵が。

世界で一番大切な双子の兄がいじめられたのは、私のせいでもあった。

私はその事実に気づかず、ただ現実なんて簡単だって笑ってた。

庵が死にかけたっていうのに……。

(だから、私は生まれ変わるって決めたんだ)

庵をいじめていた犯人たちに「庵が退院してもいじめないで。もし手を出したら二度と口を利かない」と一人一人言って回った。

今考えたらなんとも幼稚(こども)な圧のかけ方だけど、効果は絶大。

『いい子』に嫌われることを恐れた彼らはいじめをやめ、庵と仲良くし始めたっけ。

さらに小4に進級した私は庵と同じクラスになれたの。

双子は別々のクラスにされるって聞いたことあったけど、庵の支えとして私がいた方がいいと教師たちは判断したっぽい。

私には好都合でしかなかったよね。

家族や庵を心配させないように普段通りを装いつつも、私はクラスでリーダーシップをとるようになった。


現実が絵本じゃないのなら、絵本みたいな現実を私が作る。


作ってみせる。

たとえ庵みたいに血を吐くことになっても、絶対に！

目指すのは、みんな仲良しで、いじめのないクラス。

それこそ物語の中のように平和な箱庭。

（わかってる。こんなの自分の手が届く範囲を救おうとしてるだけ。自分が満足したいだけの、ただの偽善。けど、それでも――）

また庵がいじめられるのだけは絶対に嫌だった。

誰かが庵みたいな目に遭うのも許せなかったの。

（幸い、私には武器があった）

堀内ことりは人に好かれやすい。

『いい子』に見られやすい。

その力を精一杯使った。

絵本に出てくる優しい天使みたいに、明るく振る舞ったよ？

常に周囲にアンテナを張った。ケンカが起きれば仲裁に行ったっけ。悩みを抱えた子がいれば相談に乗って解決。もちろん勉強もスポーツも寝る間を削って努力。みんなから尊敬されるリーダーになって、クラスに平和と幸福をもたらすために。

教室中に好かれるために偽物の笑顔を作り続ける兄とは真逆だ。

私は自分にとって好ましい教室を作るために笑顔を振りまいた。

誰もが認めるような『いい子』になろうとしたの。

無事に小学校を卒業して、お父さんとお母さんが離婚して庵とは名字と中学校が別になっても、私は教室のムードメーカーになろうとしたっけ。

(だからこそ高校で再び庵と一緒になっても、クラス委員になったんだ)

完璧な優等生。

天使みたいな女の子。

部活でも勉強でも結果を出して、みんなの尊敬と信頼を集めて、すっかり『いい子』でいることに慣れきった私は、いつの間にかそう呼ばれるようになったっけ。

ただ、そんな私にも一つだけルールがあった。

恋愛はしない。


だってそうでしょ？

私に必要なのはたった一人の特別な存在を作って愛することじゃない。

そんなことしてる余裕はない。

血を吐いて倒れた兄の姿は目に焼き付いてまだ消えない。

庵が、みんなが傷つかないために……もっとがんばらなきゃ。

私は人に好かれやすい外見をしてるし、そんな見た目を引き立てる努力もしたつもり。

自慢じゃないけど「可愛い！」って言われるのにも慣れた。

けれど——中身はひどく醜いよ。

どんなにがんばっても「庵くんがいじめられてても気にせず遊んでたじゃん！」って言葉を忘れられないのは、きっとあの言葉を聞いたときに自分の正体を思い知ったからだ……。

双子の兄が自分のせいでいじめられてた。

そのことに気づきもせずに無邪気に笑ってたなんて、醜悪すぎるでしょ？

私はそういう子なの。

もし私の中身が醜いってバレたら、クラスのリーダーでいられなくなる。
平和な箱庭を作れなくなる。
(だから、堀内ことりは――)
『いい子』で居続ける努力をしなきゃ。
そのためなら、たとえこの胸に恋心が芽生えたとしても枯れさせてみせる。
絶対に。
そう決めてたけど――。
(今でもときどき夢に見る)
今年の5月。
堀内ことりは恋をした。
たった一人の『特別』を見つけてしまったんだ。
その相手の名前は、街川庵。
双子として育てられてきた、たった一人の兄。

第6話　祭りのさなかに

「はい、どうぞ」

第51回綾坂高校文化祭——通称・綾坂祭。

2日間ある祭の1日目、13時すぎ。

文字通りお祭り騒ぎな廊下で、俺は3－B運営の模擬店で買ったリンゴ飴をメイド姿の綺奈に手渡していた。

「ありがとうございます」

クールな無表情で言ってから、真っ赤なリンゴ飴に口をつける綺奈。

「おい見ろよ！　ソロギャルがいる！」

「メイドじゃん！　しかもウサ耳つけてやがる！」

「め、めちゃくちゃ可愛い……」

「隣にいるホストって街川くん!?　スーツえぐい似合ってるんですけどぉ！」

廊下は外部からの客とはしゃぐ生徒でごった返し。

各々のクラスTシャツ、キグルミ、ハッピ、コスプレ……周囲はお祭りコーデな生徒であふれてるけど、綺奈は誰よりも注目を集めていた。

同居人が着ているのは以前街川庵お料理教室で身にまとったメイド服。

さらに黒いウサ耳をつけたバニーメイドスタイル。

「あの二人、TikTokに上げたら絶対バズる！」

「無理無理。撮影とか鈴原が拒否るに決まってる。最近少しクラスのヤツらと話すようになったらしいけど、相変わらずにこりともしねえし」

「外見は美人でも中身はガチブスだよな」

「あんなマズそうにリンゴ飴食う女初めてみたぜ」

周囲から聞こえるヒソヒソ声。

（1－Aでの綺奈の評判はよくなり始めたけど、やっぱりクラスの外はまだか）

マウント合戦は教室以外でも起きる。

綺奈の容姿や急にクラスメイトと距離を縮め始めたことが気に入らなくて叩きたがる生徒もかなりいるけど、綺奈は気にせずにリンゴ飴をかじかじ。

たしかにその顔は不愛想なソロギャルモードだけど、

【んま～～～～～い！】

片手に持ったスマホで、実にゴキゲンな感想を送ってきた。

【ぼく、リンゴ飴食べるのが夢だったんだ！】

【前にDMで言ってましたよね】

【さすが親友よく憶えてる！　うわっはあ、甘酸っぱくてサイコー！　やっぱりお祭りって言ったらリンゴ飴だよね！　アニメや漫画でもお約束だもん！】

DMで大はしゃぎな親友を見たら、つい笑顔になってしまった。

綺奈は極度の人見知り。

LHRの一件以来、クラスメイトとも多少話すようになったけど、まだ彼らの前で笑顔を作るのは苦手っぽい。

今も人ごみにいるせいか表情が固いけど、DMを見る限りお祭りを満喫してるようだ。

【というか、別にDMで話さなくてもいいのに】

【でもIORIはことりちゃんの恋人ってことになってるでしょ？　ぼくと仲良く話してたら浮気を疑われるかも】

【友だちは男女問わず多いので平気です】

【このエリート人たらし！】

【この後ベストカップルコンテストってイベントにことりと出ることになってるんです。恋人アピールはそこでたっぷりしますので、今は仕事に集中しましょう】

俺たちの役目は宣伝。

『1－A　メイド＆ホスト喫茶！』と綺奈がデコレーションした看板を肩に担ぎながら校内を回遊する。

綺奈は接客が不得意だから、広告塔が適役。

午前中は看板を持って教室前に立ってるだけで人々が立ち止まり、看板娘としての実力をいかんなく発揮してたっけ。

「今のところいいペースでお客が来てる。キミがデザインした内装も大好評だし」

「結果を出せてよかったです」

「可愛いお店になったってみんな喜んでたし、おかげで俺が描いた内装デザインが採用されずにすんだ」

「え、えっと、あれはあれでインパクトがありましたよ？　お医者さんに見せたらすぐさまロールシャッハテストを受けさせられそうなすごみがありました！」

「シルバニア的な猫をいっぱい描いたつもりだったんだけどね……」

綺奈がデザイン案を描いてくれて助かったよ。

クラス中が絶賛してたし、実行委員としての自信もついたはずだ。

「この調子で宣伝もがんばろ！」

「はい。ただ、まさか男の子と文化祭を回るなんて夢にも思ってませんでした」

「そうなの？」

「そんな薄っぺら学園ドラマみたいな青春はありえないって思ってましたし」

「たしかに昔DMで『学校で青春してる陽キャ見てるとF××Kって気持ちになる！』っ

て言ってたよね」

「あなたがF××Kなんて言っちゃだめです！」

綺奈が小声で叫んだ。

「さわやか陽キャくんがそんな言葉使ったらそれこそ病院を勧められますし、女子生徒たちがショックで登校拒否になり、最悪クラス担任が責任を感じて退職届を出します！」

「ごめんごめん。心配ありがとう」

たしかに街川庵が言っちゃいけない台詞か。

でも……息苦しくも感じるよな。

品行方正なオープンオタクってキャラクターを作ったのは俺自身なんだけどさ。

「現実ではNGワードにするよ。絶対」

「あなたには似合わないですからね。まあ、私は陰キャなので『あいつらが青春してる間にもっとバズる漫画を描いてやる！　このマイナス感情をプラスパワーに変えるんだ！』ってモチベーション上げてましたが」

「キミのそういう反骨心たっぷりなとこ、好きだよ」

「ありがとうございます。今日も店長としてモチベ上げますね？」

右腕に巻いた『てんちょー』と書かれた腕章をうれしそうになでる綺奈。

今朝ことりに「綺奈ちゃんはうちの店長だから！」ともらってたっけ。

さらには俺と一緒に校内を回ることを提案したのもことりだった。

「ただ、街川くんはコミュ力オバケですし、接客の方が力を発揮できそうな」

「朝からずっと接客がんばってたら『街川働きすぎ』『接客マニュアル作って配って指導もしてくれたろ？』『社畜かよ！』『頼むから休め！　気分転換に外回りしてこい！』って追い出された」

「追放系ホストというわけですか」

街川くんはたくさんがんばってましたからね、と微笑む綺奈。

「レンタルショップと話をつけて、みんなが文化祭を満喫できるようシフト表を作って、お店の宣伝のために放送部に直談判、今日はもう20枚くらいお客さんとチェキを撮ったでしょう？」

「キミも手伝ってくれたじゃん。チェキのアイディアを出したのも鈴原さんだ。ネットでコンカフェ経営の記事を読んで研究したけど、チェキはかなり儲かる。ツーショットチェキの相場は大体1000～1500円。文化祭ってことでうちは安めの800円。これでも今食べたリンゴ飴500円に比べたら高いけど、昨年と一昨年の来場者データを見たら大人の割合がかなり多かった。うちの高校は歴史が古いからOBOGがたくさん来るのと、商店街と提携して宣伝してもらってるおかげで地元民にしっかり認知されてるからだと思う。だから狙いは経済的にゆとりのある大人たち。チェキは文化祭のいい記念品になるし、他にも本物のコンカフェばりの有料サービスも用意してあって──」

「一つ質問があります」

「何？」

「あなたは人生何周目の勇者様ですか？　考え方がとても十代とは思えないのですが」

「転生ラノベ主人公扱いしないでよ」

ただこんな解説をするくらい仕事に没頭してたのには理由があって。

正直、綺奈(あやな)とキスして以来、何かに集中していないと顔と思考が発火しそうになる。

（あのとき壁越しに聞いた『大好き』は……）

親友として？

それとも異性として？

そんな悩みを抱えながら今まで通りルームシェア生活を送るには、喫茶店経営者にジョブチェンするしかなかったわけさ。

「お仕事がんばっててえらいです」

ふと、綺奈は小声になってから、

「──お家に帰ったらいっぱい甘やかしてあげますね？　ホストさん」

ウサ耳をぴょこりと揺らしながら、照れくさそうにささやいてきた。

（同居したばっかりのころは「現実ではなるべく私と会話をしないで欲しいんです」なん

て言ってたのに）

こんなどきりとする台詞を言ってくるなんて。

あのキスから綺奈はあきらかに変わった。

実行委員の仕事も今まで以上にがんばるようになった。

笑顔は作れなくてもクラスメイトとさらに会話するようになった。

その証拠に、以前の綺奈は休み時間は耳にヘッドフォンをつけて、誰とも話したくないオーラを出してることが多かった。

本人いわく、教室の騒音をシャットアウトするために俺が作ったサブスクのアニソンプレイリストなんかをヘビロテしてたそうだ。

けど今はヘッドフォンをつけずに、がんばってみんなと話そうとしてる。

そのせいか「ソロギャルって実はいいヤツなのか？」なんて声も聞こえてきた。

（異性経験がないのがコンプレックスだったのは綺奈も一緒で、そんな自分に劣等感を抱いてたのかもな）

だからこそキスという劇薬体験を得たことで一気に自信がついた。

ただ、後遺症も出てる。

学校では相変わらずクールだけど、家でのスキンシップが増えた。

『おかえりなさい！　今日もお仕事お疲れさまでした』
『庵くんの髪ってさらさらですね。ずっと触ってたいです』
『お顔が眠そうです。お疲れなら、どうぞ。好きなだけおやすみしていいですよ？』

訂正！　増えたどころか爆増だ！
帰宅した俺の頭をなでてくれたり、
風呂上がりの俺の髪をドライヤーで乾かしてくれたり、
ソファでひざ枕してくれたり……。
お祭り前からすでに健気で献身的な御奉仕スタイル。
俺が甘えることで「信頼してもらえてる。必要としてもらえてる」って実感できるんだろう。
　さらには甘えさせくれるのに比例して、綺奈が甘えてくる回数も増加。

『庵くんの体、あったかい。えへへ』
『その、おかえりのハグ……延長でお願いします』
『実行委員のお仕事で疲れて。ほんの少しだけ……おひざを借りてもいいですか？』

ソファに座ってるときにおっかなびっくり俺の肩に頭を乗せてきたり、おかえりのハグをしたまま3分くらい密着して胸に頬ずりしてきたり、俺にひざ枕をねだってから幸せそうに眠ってしまったり……。

さびしがり屋の保護猫みたいに、毎日たくさん甘えてくる。

どうやらすっかり同居人スキンシップにハマってしまったようだ。

（……ただ、正直ギリギリだ）

悩ましいことに、枯らせるはずの恋心は綺奈の言動を養分にしてぐんぐん成長。

もう二度とキスはしない。

そう決めたのに、綺奈とスキンシップをする度にキスした記憶が再上映。

ほんの2秒にも満たなかった不器用なキス。

それでもあそこまで夢心地になれたんだ。

――もっとしたら、どうなるんだ？　い、いやいや。

また幸福感を味わいたい、あのやわらかさを感じたい、綺奈と触れ合いたい、キスしたい、いっそキスしたまま抱きしめたい、そしてそのまま……！　なんて。

思春期特攻リビドーを押さえつけるのに必死だったっけ。

おまけに家の中でときどき視線を感じる。

綺奈がどこか物欲しそうにこちらを見ている。

一度「どうかした？」と訊ねたら「何もっ」と顔を紅潮させた後で逃げてしまった。
さらには、
『よし！　偉いぞぼく！　今日も我慢できた！』
『はぁ……したい～。したいしたいしたい～。したいよぉ～』
『もしもっとしたら……いやだめださすがにこれ以上ＩＯＲＩに甘えられないっ』
なんて独り言が薄い壁越しに聞こえてきた。
綺奈も口ではもう二度としないって言ってたけど、ひょっとしたら――。
（いや、今は集中しろ）
模擬店ランキングで１位を取る。
その目標を叶えるために、俺たちは毎日実行委員をがんばってきたんだ。
（さらに綺奈の自己肯定感を満たすためのプランは他にも）
思い出すのは１年ほど前に交わしたＤＭ。
『そういえば今日、中学校の文化祭だった』
『おおっ、楽しかったですか？』

『仮病でサボったから行ってない。ぼく、お祭りって大の苦手なんだよね。人がいっぱいいてうるさそうだしさ』

『でも、サバトラさんってアニメのお祭り回大好きですよね』

『う……』

『この前も「堂々と正論でぶん殴ってくる真後ろのアリャリャさん」の夏祭り回、一緒にウォッチパーティーしたじゃないですか』

『フィクションの中のお祭りはいいの！　見てるだけだから！　現実のお祭りがあんなに楽しいわけないもん！　……まあ、お祭りとか一回も行ったことないんだけどさ』


あの言葉が本当なら。

サバトラさんは文化祭どころか地元のお祭りにも行ったことがない。

（人ごみ嫌いなことが原因かもしれないけど）

ひょっとしたら、行くことを許されなかったんじゃないか？

幼いころから絵を描くことを強いられる生活。

遊んでる暇はないとイベント事への参加を禁じられてたとしても不思議じゃない。

さっきリンゴ飴（あめ）を初めて食べたって言ってたしさ。

そして、親友のことだから……。

「今日もやりたいことリストを作ってきたんじゃない？」

「さすが親友。お見通しでしたか。ただ、リストを全部実行するのは無理です」

「どうして？」

「深夜に作ったのでテンションがおかしくなって……やりたいことを30個ほどノートに書いてしまって」

それだけ書くってことは、やっぱりお祭りに憧れてたのかな。

「リストの画像は一応持っていますが、お仕事中の街川くんを巻きこむわけには……」

「この姿のまま綾坂祭を楽しむのは十分宣伝になるよ？　だからたくさん巻きこんで？

俺もリストを作ったけど、項目は一つだけだしさ」

「一つだけなんですか？」

「綺奈と二人で綾坂祭を回りたい」

バニーメイドはワインでも飲んだみたいに赤くなった。

あわてた様子で、俺のわき腹あたりをぽすんっと小突く。

「学校でその呼び方は禁止ですっ。誰かに聞かれたらどうするんですかっ」

「小声だったし、みんなお祭りに夢中でそれどころじゃないよ」

「陽キャホストは手に負えませんね……乙女をたぶらかす逆ハニトラ発言を大量生産しそうです……」

「ぐうっ、たしかに！　こんな格好してるせいか仕事なんかサボってナンパに行けって頭の中のリトル充哉が叫んでる!!」

だからさ、と。

人生で一番と思うくらい、勇気を振り絞る。

「今日は俺のそばにいてほしい。ホストの監視役としてさ」

「本物のホストなみに丸めこむのがお上手ですね。今すぐ歌舞伎町ナイトキングになれるのでは？」

軽口を叩きつつも、くすくすと笑みをこぼすソロギャルさん。

（ああ、よかった）

この反応はＯＫってことか、なんて安心しつつも、思う。

（今の街川庵はひどく矛盾してる）

初恋を終わらせなくちゃいけないのに、文化祭デートするなんて。

物語の登場人物だったら読者にダメ出しされそうな問題行動。

けど——それでも、俺は綺奈を喜ばせたかった。

親友を笑顔にしたかったんだ。

「仕方ありませんね。私がお供して差し上げましょう、ご、ご主人様」

「っ」

自分の顔がテキーラでも飲んだみたいに赤くなるのを感じた。

「ふふ、どうしました？　メイドらしくしゃべってみただけですよ？」

「まったく。誰かに聞かれたらどうするのさ」

「小声でしたし、みんなお祭りに夢中でそれどころじゃないんでしょう？」

さぁ参りましょうご主人様？　と。

祭りの喧騒の中で、フリルで飾られた純白のスカートをなびかせながら、同居人は悪戯っぽい笑顔を浮かべた。

&

やりたいことリスト①　射的で景品GET！

「こう？」

「とてもいいです。できればもう少し顎を上げて、獲物を狙う狩人のようなキリッとした表情をしてください」

「ポーズの指定が細かいね。というか俺が先に撃っていいの？」

「私はあなたの次に撃ちます。その前にスマホで撮影しないと」

「なんだと」

「ホスト姿のあなたがコルク銃を構えている姿は大変映えます。西野さんからも『宣伝用にインスタ上げるから動画撮ってきて！』と頼まれました」

「なるほど。つまり狙いは……」

「景品ではなく女性客のハートです。私も……個人的に動画が欲しいですし」

「もう。おだてても上手くいくかは……おっ！」

「当たりました！　猫さんのストラップですか。猫好きな街川くんらしいですね」

「はい。どうぞ」

「えっ!?　くれるんですか？」

「改めて見たら俺が持つには可愛すぎる気がしてさ。キミも猫好きだったでしょ？」

「私が受け取りやすくするための建前ですね？　最初から私にプレゼントしようと考えていたのでは？」

「バレたか」

「気づかいを断るのも失礼ですので、もらっておきましょう。それに……」

「何？」

「……お、お家の合鍵につけるのにちょうどいいと思って」

「……そ、そっか」

やりたいことリスト③　クレープ食べたい！

「このいひごくれーぷ、なきゃなきゃです。あなたのおりょうりにはかないまへんが」

「もう。食べながらしゃべるのはお行儀悪いよ？」

「ふふ。ごめんなさい。ついテンションが上がって」

「そんなにクレープが食べたかったんだ」

【『私立バニーガール学院♥えちえちご奉仕部！』でも文化祭でクレープ食べるシーンあったでしょ!?　プレイしてからずっと憧れてたんだ〜！】

【急にＤＭ！】

【あはは、たとえ小声でも学校でエロゲトークはしたくないもん。ＩＯＲＩもエロゲやってることは隠したいだろうし】

【お気づかい感謝です。というか今ウサ耳をつけてるのって】

【もちろん『バニ学』リスペクト〜！】

【なるほど。ただ、完全再現はしてないですよね？】

【まさか！　ゲームではメイド服の下はノーパンだったもんね〜】

【ノーパンはノーリスペクトでお願いします】

【わかってる！　だから他のサプライズを用意した！】

【他？】

「——今は秘密です。楽しみにしててくださいね、ご主人様？」

　やりたいことリスト⑦　み■■と■■ハ■したい！

「あれ？　この⑦番、塗りつぶされてるね」

「き、気にしないでください」

「けど」

「⑦番は深夜3時に考えたんです！　なので抽象的かつド陰キャな私らしくない青春っぽい感じになってしまって！　かなり恥ずかしい内容でしたし……」

「『み』『と』『ハ』は薄っすら見えるね」

「解読しちゃだめです!?　親友と言えど踏みこんではいけないラインがあるんですよ!?」

「ごめんごめん。お詫びになんでもするから許して？」

「えっ、ホントに？　では……お願いを聞いてもらってもいいですか？」

「もちろん！　どんな？」

「『オバケ屋敷に行きたい！』をやったとき、暗がりで脅かされてついあなたに抱きついてしまったでしょう？」

「もしかしてことりのこと気にしてる？　あの状況なら脅かし役の生徒も浮気じゃなくて事故って思うはずで……」

「違います。その、この先は言いづらいのでDMしますが、抱きついたら」

【したくなっちゃった】

【っ⁉　それって、まさか……！】

【ぼく、さっきからずっとそのこと考えてる。正直お祭りどころじゃない。もう我慢できない。人前でぎゅ～しちゃいそう】

【あっ、なんだ。ハグですか】

【それ以外に何があるの？】

【いえ何も！　ただここで抱きつかれるのは困りますね】

【文化祭マップを見たら、この廊下の先に空き教室があるんだ】

【なんとも都合がいい……あ、ハグするためにわざと私を誘導したとか？】

【う……さすが親友。迷惑、だったかな？】

【いいえ。こんなことDMでしか言えませんが、オバケ屋敷でサバトラさんにぎゅ～されたとき、こっちからもしたいなぁって思ったので】

「それはDMでも言っちゃだめなヤツですっ」

「ご、ごめん」

「………」

「………」

「……街川くん」

「ちょっと疲れたので空き教室に誰もいなかったら、3分くらい休憩しませんか？」

「……何？」

やりたいことリスト⑧　美術部の展示で友だち増やしたい！

「ようこそ庵くん綺奈さん！　綾坂高校美術部へ！」

「ホ、ホントに来たー!?　世界のAYANA　SUZUHARAが！」

「お願いすればサインもらえるってガチ!?」

「おおお落ちつきなさい！　相手はプロの画家先生よどうか失礼のないように……！」

「もうっ。先輩たちも先生もあわてすぎっすよ〜。ごめんね二人とも。仕事中に来てもらったのに騒がしくて……あれ？」

「どうかしました？」

「綺奈さん、少し顔赤いけど、体調悪い？」

「いいえ。……3分の予定が、15分になってしまっただけなので」

「は？」

「それはそうと！　メイドナース姿似合ってるよ、西野さん」

「わっ、ありがと庵くんガチうれしい〜！　さっきインスタ上げたら好評で……あっ、二人が宣伝で回ってることも話題になってる！　ほらほら！」

【さっきソロギャルメイド見たんだけど!? ずっり～! あんなことされたら客全部持ってかれるじゃん! ＃綾坂高校文化祭】

【今日は母校の文化祭に来ています。メイド&ホスト喫茶の看板持ってた生徒さんが綺麗でした。 ＃綾坂高校文化祭】

【廊下でイケメンホストとすれ違った～! ナンパしたらバニーメイドちゃんににらまれたのでお詫びにお店行きますね～! ＃綾坂高校文化祭】

「けっこーつぶやいてくれてる! 教室からも『看板見て来た』ってお客さん増えたって連絡来た!　宣伝効果えぐすぎぃ!」

「すごい。結果を出せてよかったです」

「あ、あの、もしお疲れでしたら……」

「ぜ、ぜひここでご休憩なさってくださいませ。よろしければ展示されてる絵のご感想をいただけますと大変ありがたく……」

「ちょ、先輩!? さりげなくアドバイスもらおうとするのは……!」

「構いませんよ」

「えっ!? マっ!?」

「感想を言うくらいでしたら。まずは西野さんの絵が観たいです」

「だ、だったらこれ！」

「裸婦画ですね。モデルさんに来てもらったんですか？」

「はははい！　ヌードとか描くのけっこー好きで……！」

「やっぱり、芸術作品ってことなら高校でも裸の絵を展示できるんだね」

「？　街川くん、やっぱりって……」

「あ、なんでもない。それにしてもうまいね」

「そ、そんなことないよ!?　綺奈さんに比べたらまだまだで……！」

「謙遜しないでください。友だちの絵を観せてもらうの、楽しみにしてたんですから！」

　やりたいことリスト、一時中断。

「大丈夫？　お水買ってきたよ」

「……ありがとうございます。ごめんなさい、迷惑かけて」

「俺の方こそ気づくのが遅れてごめん。美術部で絵を観てたとき、実は無理してたでしょ？」

「西野さんの絵を観るのが楽しみだったのは本当です。ただ、油絵の具の匂いをかいでいたら、昔のことを思い出して気分が悪くなって」

「美術部のみんなには気づかれなかったと思うよ」

「はい。それにしても驚きましたよ。まさか屋上の合鍵を持ってるとは」

「休憩所代わりになって助かったね」

「ただ、もうすぐベスカプコンのお時間です。ごめんなさい。気づかってもらったのに、やりたいことリストを全部やるのは、明日を使っても無理で……」

「大丈夫。来年があるじゃん」

「えっ!?」

「来年も今日みたいに、二人で綾坂祭を回ろう？　できなかったやりたいことはそのときに楽しもうよ。絶対さ」

「……………。あなたが一時的に宣伝役に回ってくれたことに、心底ホッとしています」

「なんで？」

「ここまで完璧なホストさんがお店に常駐していたら、お客さんがいつまでも帰ってくれません」

「おお、それは困る。客の回転率が悪くなって利益が落ちる」

「ふふ、すっかりWEB小説家から喫茶店経営者にジョブチェンジですね」

「小説のこともちゃんと考えてるよ？　最近は創作活動を休んでたけど、綾坂祭が終わったら前よりも面白い小説を書ける気がするんだ」

「いい気分転換になったということですか？」

「うん！　キミとお祭り回れてすごく楽しかった！　創作活動におけるいいインプットになったとも思う。だから早く小説が書きたい！」

「私もファンとして新作を読めるのは楽しみです！　それに、私も楽しかったです。陰キャぼっちな私が文化祭を楽しめる日がくるなんて」

「予想外？」

「まるで夢みたいですよ。──あ、あ、あの名前が出なければ、もっと楽しめたのに」

「……。それって、美術部の先生が言ってた……」

「鈴原絵眞。私の父です」

「先生は『いつか絵眞先生にもご挨拶がしたい』って言ってましたけど、無理ですね。父は私に一切興味がないので」

「……」

「私以上に名の知れた画家ですが、昔から作品を創ることしか頭にないんですよ。そのせいでお母さんと争って、私が幼いころに別居しています」

「でも、名字は……」

「世間体のために離婚はしてないんです。母も名の知れたファッションデザイナーなので。雑誌のインタビューなんかでは父も母も互いに仲が良いってアピールしてますが……家庭は崩壊していますね。もう直しようがありません」

「その証拠に、お母さんは私が物心ついたときから絵を描かせてきました。

——鈴原絵眞を超える画家を作る。

それがお母さんの目的であり、自分を裏切った父への復讐なんです」

「そして復讐の道具として一番都合がよかったのが、私でした。父と母の血を継いだおかげか、絵の才能だけはあったので」

「子供のころの思い出は、絵を描いてる記憶ばかり。母も父の才能と実力は認めていたんでしょうね。私がどれだけ絵を描いても、『こんなんじゃあいつに勝てない！』とほめてくれることはありませんでした」

「だから昔は他の子たちがすごくうらやましかったですよ。小学3年生の授業参観で、教室に貼られた生徒たちの絵を見て、他の子たちはお母さんやお父さんに頭をなでてもらっていました。私の絵は金賞を取りましたが、お母さんは仕事が忙しいと言って来てくれませんでした」

「絵を家に持ち帰ったら『この程度の賞で満足してるの？』と笑われて、その場で破かれてしまいましたね……」

「そんな生活をずっとしてたからこそ、街川くんが描いた漫画に影響されて、オタクになれて本当によかったと思います。おかげで大嫌いだった絵を描くことも大好きになれましたし。ただ……」

「漫画やアニメにハマったせいか、大きなコンクールで一番を取れなかったとき、お母さんにひどく怒られましたね。あのときの言葉は、忘れようとしても忘れられません」

「『なんで？　手塩にかけて育ててあげたのになんでこんなゴミみたいなものに夢中になるの？　最初は見逃してあげてたけど、もう我慢できない！』」

「『あんたは私の物！　でも私の言うことを聞けずに、結果を出せない子は、い、い、必要ない。あーあ、結局あんたはあの男の娘だったわね……』」

「『私を裏切るんだものっ！』」

「そして、私は実家を勘当されて……あっ、ご、ごめんなさいっ！」

「せっかくの綾坂祭なのにどうかしていました！　不幸自慢でもするみたいにこんな暗い話をするなんて……っ！」

「――大丈夫。自慢だなんて思わないよ。むしろ聞かせてくれてすごくうれしい。俺のこと、必要としてくれた気がしてさ」

「えっ……？」

「きっとさ。鈴原さん、心の中では自分の過去を誰かに打ち明けたかったんだと思う。誰かに聞いて欲しかったんだと思う。すごく共感できるよ。誰かと共有すると背負ってるものが軽くなるって、俺もよく知ってるからさ」

「だから、俺もいじめられてたことをキミに打ち明けたんだと思う。自分の中にある暗い何かを受け止めてくれるんじゃないかって無意識に期待してた。キミは、俺にとって一番の親友だからさ」


「わかるよ。子供のときに言葉で刺された傷って、いつまでも残るよね」

「何年も前のことなのに今でもときどき夢に見る。いじめられてたときの記憶。貶されて、笑われて、オモチャみたいに扱われたこと。けど――嫌な夢を見た朝はキミのことを考えるようにしてるんだ」

「朝食に何を作ったら喜んでくれるかな、昨日のアニメの話したいな、次はどんな漫画を一緒に作ろう、どんな冗談を言ったら笑ってくれるかな……ってさ」

「それだけで心が軽くなる」

「鈴原さんは俺にとって必要な存在なんだ。だから、頼む。もっと俺のこと必要としてほしい。もし俺と過去を共有（シェア）することで、鈴原さんが背負ってる何かが少しでも軽くなるんなら、俺は幸せだから――」

&

俺の言葉をさえぎるように。

11月の空の下、屋上のベンチに座りながら――隣にいる綺奈（あやな）がキスをしてきた。

応えるように華奢（きゃしゃ）な腰を抱きしめ、くちづけをかわす。

小さくて愛らしい唇に触れる。

２秒以上のキスをする。

（二度としないってあんなにも誓ったのに）

辛（つら）い過去を思い出したせいか今にも泣きそうになってる綺奈を見たら、なんとかしてあげたくなったんだ。

陽キャオタクとソロギャル。

クラスの立ち位置は真逆だけど、俺と綺奈は似た者同士だ。

幼いころに心を言葉で滅多（めった）刺しにされた傷（トラウマ）。

その傷をなぐさめるように、抱き合い、互いの体に触れ合って、キスを交わす。

「……信じられません」

かすかな水音の後で。

頬(ほお)を火照(ほて)らせながら、綺奈(あやな)はつぶやく。

「ソロギャルなんて呼ばれた私が、クラスの陽キャ男子とこんなことしちゃうなんて」

「じゃあ、やめる？」

「……もう。わかってるくせに」

あなたのそういうところ本当に反則です、と。

すがりつくみたいに、甘えるみたいに、細い指で俺のスーツをつかんでから、

「もっと……たくさんしてほしいです」

「うん。知ってる？　キスにはストレス解消効果があるんだって」

「道理で。キスしてると……なんだか頭がふわふわするんです。すごく安心して、何でもできる気になって……あなたが一緒にいてくれれば、絵画だって描けそうな気がしてきちゃいます」

「気分が軽くなるのは脳内でエンドルフィンとかセロトニンみたいな幸せホルモンが出る影響らしいよ？」

「もう。相変わらず博識な理論派さんですね。親しい人と触れ合ってるんです。幸せいっ

ぱいになっちゃうのは当然では？」

「感覚タイプな鈴原さんらしい意見だね」

「私がキスしたいのはそれだけじゃありませんよ。女性経験がないっていうあなたのコンプレックスを少しでも解消してあげたいんです」

「ありがとう。気づかってもらえてうれしい」

「お礼をしたいのは私の方です。あなたのおかげで、私の日常はすっかり別物になって
……あっ」

「どうかした？」

「サプライズを忘れてました」

悪戯っぽく微笑みながら、綺奈はベンチから立ち上がって、

「ちょっ」
メ、メ、メイド服を脱いだ。
あらわれたのは黒と白のコントラスト。

体のラインがまるわかりなぴっちりとしたデザイン。

どこまでも煽情的で魅惑的な衣装。

バニーガール。

もしこの格好のまま文化祭を回ったら5秒で教師が生徒指導にすっ飛んできそうな過激

さだった。

「どうでしょうか？」

瞬く間にバニーメイドから転職した同居人は、照れくさそうにはにかむ。

「通販でお買い上げしちゃいました。『ROSSO』のバニーガール回が好きだって言ってたので、あの回でリコが着てた衣装です」

「もしかして、俺に見せるためにメイド服の下にずっと着てたの？」

「えへへ。みんなにバレないかどきどきでした」

そりゃあそうだよ！

「いっそこの姿で教室で写真を撮ってネットに上げればお客が増えると思ったんですが、やらなくてよかったかもしれません」

正解！　この服装は確実に校則違反だ！　と叫びたいのを堪えた。

（ああ、そうだった）

綺奈はコスプレ好きなんだった。

彼女いわく、別の自分になれる気がするから。

陰キャなのにギャルっぽい派手な格好をしてるのだって、俺が初めて描いた漫画のヒロインの格好がしたかったからだし、前に料理を教えたときも俺へのお礼だって言ってメイド服を着てくれたしさ。

たぶん今回も俺を喜ばせようとコスしたんだろうけど……。

「……ごめんなさい。似合ってませんでしたか？」

違う！

似合いすぎてるから問題なんだ！

ソロギャルあらためバニーギャルとか反則すぎだろ!?

立ち上がって弁解しようとしたが、言葉が出てこなかった。

迂闊に何か言ったら止まらなくなるぞと理性がブレーキをかける。

フォロワー50万越えの神絵師が俺のためにこんな格好をしてるって現実に、いつもは働き者の舌がストライキを起こしてて――。

「！」

ぴとっと。

綺奈が小さな掌で俺の胸板に触れてきた。

「――わぁ」

バニーガール姿の同居人は掌で心臓の鼓動を確かめながら、

「すごい。たくさんどきどきしてます」

あ。

「えへへ。とってもうれしいです。こんなにどきどきしてもらえるなんて。がんばってコスしたかいがありました」

マズい。

これ以上は本当にマズい。

「大丈夫です。言葉にしてくれなくても、十分伝わってますよ？　ありがとうございます。私のコスをほめてくれて。あなたに喜んでもらえると、死んじゃいそうなくらいうれしいです」

今まで街川庵15歳の恋心を必死に抑えつけていた自制心が虐殺されるのがはっきりわかった。

いけない。

親友との関係を壊すわけにはいかなくて――。

「私としては、もっと喜んで欲しいのですが……あっ、えっと……ご、ご主人様って呼んだら、うれしいですか？」

あられもない姿の同居人を見てたら――もう止まれなかった。

華奢な体を抱きしめる。

きゃっ!?　というか細い悲鳴を塞ぐように、唇を重ねる。

綺奈は一瞬驚いたけど――拒まなかった。

すがりつくように細い腕を俺の腰に回し、くちづけを返してくる。

「んっ……ご主人様……」

「名前で呼んで？　その方が好きだ」

「それは……私も一緒です」

「鈴原さん……」

「今は学校ですが、二人きりですよ？　お家の中みたいに呼んでほしいです」

「綺奈」

「……もっと」

「綺奈、綺奈、綺奈、綺奈」

至近距離で呼び捨てにすると、白磁の頬が薔薇色に染まった。

赤い顔をほころばせながら幸せそうに、

「庵くんにそう呼んでもらえるの、大好きです」

俺の名前を呼んでから、キス。

庵くん、庵くん、庵くん、庵くん。

くちづけを交わしながらも、俺を求めるみたいに何度も呼ばれて、感情が沸騰する。

少しだけ舌を伸ばすと綺奈も応えてくれた。

不器用に、だけど情熱的に、互いに舌をからませる。

熱い。

触れ合った唇も舌先も溶けそう。

肉体も、思考も、灼熱に侵される。

理性は完璧に壊れた。

ガラス細工みたいに壊れそうな肢体を両腕で包む。

互いの心の傷の痛みを分かち合うように、
足りていなかった愛情を補うように、
相手に慈しみを伝えるように、
背負った『何か』を二人でシェアして軽くするように、
何度も唇を重ねる。舌を踊らせる。彼女の存在を確かめるみたいに何度も名前をささやく。

体温を、感情を、痛みを、快楽を、共有し合う。

互いが互いを必要としてくれているという幸福に酔いしれる。

「──あったかい」

キスの合間に聞こえてくるのは、サバトラモードでの本音。

「ずっと、こうしたかったんだ。キミにキスしてもらったあの日から。いけないことのような気がして必死に我慢してて」

俺だって一緒だ。

綺奈に告白することはできない。

親友関係を壊さないために、この初恋を終わらせなきゃいけない。

わかってるんだよ。

今の行動はひどく矛盾してるって。

けど、今は、今だけは、恋人みたいに……！

「——お願い。もっと、して？」

色欲に潤んだ瞳で見つめながら、綺奈は蝶ネクタイがついた襟を取り外した。

「襟をしてれば見えないから……こ、こっちにも欲しいんだ」

羞恥に染まりきった、おねだり。

うっすらと桜色に上気した、少女の首筋。

「今日のこと、絶対に忘れたくない。だから、たくさんしるしをつけて？」

まるですべてを許すように。

俺の行動を全肯定するように、差し出された女の子の体。

「ひあっ」

求められるのが、必要とされるのが、ただうれしくて、首筋にキスをした。

「んっ、いおり、くんっ」

くすぐったいのか、それとも気持ちいいのか、桜色の唇から甘い響きが漏れる。

今まで聞いたことない声。

びくびくと震える華奢な体。

自分の行動に喜んでくれたのがたまらなくて、さらに続ける。

「あっ、んうう……」

や、や、やめろ。

「もっと……もっと、してください」

これ以上踏みこんだら親友じゃいられなくなるぞ？

「す、すごい……私も、庵くんの体も、熱……きゃっ⁉」

辛うじて息を吹き返した自制心が警告するけど、止まれなかった。

首筋にたくさん赤いしるしをつけながら。

俺は屋上のベンチに綺奈の体を押し倒して——。

「！」

瞬間、ポケットのスマホが鳴り響いた。

無機質な電子音が今更ながらに現実を思い知らせてくる。

学校の屋上。

立ち入り禁止だが生徒か教師がやってくる確率はゼロじゃない。

なのに、俺たちは——。

「っ」

それは綺奈も一緒だったらしい。

まるで舞踏会の夜に0時の鐘を耳にしたシンデレラ。

今まで自分が何をしてたのか自覚したんだろう。

これ以上ないくらい顔を朱色に染めた後で、消え入りそうな声を絞り出す。

「だ、誰からですかっ」

「えっと、ことりだねっ」

未(いま)だに騒ぎ続ける拍動を感じつつ、一度綺奈に背を向けてからスマホを確認し、画面を操作。

「もしもし!? 今大丈夫!?」

全然大丈夫じゃない！

元気いっぱいな妹の声を聞きつつも、感謝する。

……よかった。

ギリギリで踏みとどまれた。

あのまましてたらたぶん最後までやってた。高校の屋上。しかも相手はバニーガールコス。信じられない。なんだそのぶっ飛んだ文化祭は！　優等生な街川(まちかわ)庵はいつから迷子になった!? はしゃぎすぎだぞ恋愛ビギナー！

（最初は綺奈の涙を止めたくてキスしたのに……）

さすがに、強引に押し倒したのはやりすぎだろ⁉

激しく後悔。

あんな乱暴なことしたら、綺奈に嫌われるに決まって――。

「っ」

「？　どうかした？」

「な、なんでもないよ」

なんとかことりに返答。

背中に感じるやわらかさ。

綺奈が後ろから抱きついてきた。

親友同士の以心伝心。

俺が申し訳なく思ってるのを悟ったのか――。

「――人生で一番、幸せです。庵くんのおかげで忘れられない思い出ができました」

同居人からの幸せいっぱい全肯定に。

胸の中の炎が再び燃え上がるのを感じながらも、なんとか親友に引火させないように、
俺は妹との電話に集中することにした。

第７話　もし恋人ができたら

「第17回ベストカップルコンテスト！　エントリーされた10組の中から優勝の栄冠を勝ち取ったのは、街川庵＆堀内ことりペア〜！」

舞台上の司会の生徒の声に、体育館から大きな歓声と拍手が。

「やった〜！　これでもっとお客来る！」

「よかったですね、西野さん」

隣の席に座ったメイドナース姿の西野さんのハイタッチに応えます。

ちなみに、私の服装はバニーメイドに再びチェンジ。

あんな格好！　庵くんにしか見せられませんし！

「やっぱ優勝は街川たちか」

「あの二人、ホントいいカップルだよね。二人ともビジュいいのにベタベタしすぎないし、ちょうどいい距離感っていうか」

「てかホストの衣装似合いすぎ！」

「堀内もすげえじゃん！　反則だろあんなの！」

周囲から感嘆の声が響く。

舞台の上。街川くんの隣にいるのは、フリルたっぷりのメイド服、背中には実に可憐な小さな翼、さらには頭には針金のついた銀色の輪っかをつけたことりちゃん。

天使。

そう、彼女こそが1‐Aに舞い降りたエンジェルメイド。

メイド&ホスト喫茶の接客エースです。

「よっしゃ。これで俺が考えたプランを実行できるな」

西野さんの隣に座ったホスト姿の松岡くんがニヤリ。

「そういえば充哉。お店はいいの？」

「きゅーけー。店が大繁盛で俺もことりもフル稼働だったしよ。鈴原が宣伝がんばったおかげじゃね？」

「……まあ」

「んだよ。他の生徒とも少し話すようになったんだし、俺への塩対応やめてもよくね？」

「ねえクサレホスト？ 綺奈さん口説く気？ もぎとるよ？」

「はあん。やれるもんならやってみうおおおやめろ!? なんでポケットからハサミ出てくんの!?」

「わははー、メイドナースの小道具ー♪」

「あははー、緊急オペは勘弁してくれやー？」

少子化をさらに加速させる気か？　とおどける松岡くん。

俺くんいわく悪い人ではないそうですが、パリピ感あふれる外見がどうも苦手です。

緊張してついしゃべり方がそっけなくなってしまいます。

（それに、もし私が陰キャなオタク女子だってバレたら……陽キャプリンスな松岡くんに嫌われてしまうかもしれません）

もしかしたら、それは西野さんも一緒かも。

この前は「クールで格好いい」なんて言ってくれましたけど、もし私が未だに人間関係を築くのが怖いって知ったら……呆れられるに決まってますよ。

「準優勝の南＆長谷川カップルも素敵でした〜」

司会の女生徒にはげまされてるお二人は、なんと百合カップル。

コンテストは様々な種目がありました。

恋人についてのクイズに答える、目隠しした状態で複数人の手を握って恋人を当てる、仲睦まじさを観客たちに見せるアピールタイム……などなど。

「にしても驚いた。南と長谷川、アピールタイムで思いっきりキスしてたし」

「あー、たぶんアレ、俺への当てつけ」

「は？　どゆこと？」

「あの二人、どっちも俺の元カノ。仲良くなったのもファミレスで俺への愚痴を言い合ってたことがきっかけらしいぜ？」

さらっととんでもないことを暴露する金髪ホスト。

西野さんは呆気にとられた様子でぽかんと口を開けてから、

「サ、サイテー！」

同感です。

「充哉のことだからまた浮気が原因で別れたんでしょ!?　なんで子供のころから節操がないわけ!?」

ヤリキン被害者の会に入会したくない赤ずきんちゃんたちは一刻も早く逃げるべきですね……ん？

「子供のころ？」

「あー、俺と萌果って家が近所でさ。ガキのころからの付き合いなんだよ」

「あたしの記憶から消し去りたい事実ナンバー1だわ……」

「冷たいこと言うなって。昔は俺を『みぃくん』って呼んだくせにおいいいいいやめろ!?ハサミの先がベルトに刺さってんぞ!?」

「あなたは女の子をからかわないと死ぬ病にでもかかっているんですか？　いつかホントに刺されても知りませんよ」

つい毒舌をかましてしまいましたが、松岡くんは笑い飛ばしながら、

「心配すんな。そんときは別の女が守ってくれる」

「ねえ充哉？　一発顔パンしていい？　南と長谷川の恨みを晴らさせてよ？」

「勘弁してくれ。暴力沙汰は苦手だ」

「ん？　あんた前に言ってなかった？　今年の春に庵くんやことりと歩いてたとき、引ったくり犯を捕まえたって」

　私もそのウワサは聞いたことがありますね。

　なんでも駅前で暴れる引ったくりを松岡くんが拳でノックアウトしたとか。

「あー……まあな」

「充哉が撃退してくれて助かったけどさ。庵くんもスポーツ得意だけど、犯罪者相手のケンカは無理だもん」

　うんうんとうなずきます。

　庵くんがケンカしてる姿なんて想像もつきません。

　きっとこの世界で一番暴力から遠いところにいる人種でしょう。

「――そうだな。庵にだけは絶対ケンカさせちゃダメだ。あいつはさっきみたいなことするのが似合ってる」

「あれは南たちが先にキスしたせいでしょ？　あんたに見せ付けるためにさ」

「ははっ、そうにらむなって。レアなもんも見れたんだからいいじゃねーか」

たしかに、あの光景はレアでしたね。

百合(ゆり)カップルが実にきらら的なキスを披露した後で、

『好きだよ、ことり』


アピールタイムのマイクをしてから、庵(いおり)くんがことりちゃんのおでこに、キス。

きっと最初から二人で相談して勝負手を用意してたんでしょう。

聡明(そうめい)な双子らしいとっておきの切り札。

(あのときの会場の盛り上がりはすさまじかったです)

百合キスの方がインパクトはあったかもしれませんが、あの笑顔には勝てません。

キスをした後で披露したのは、最大出力の街川(まちかわ)スマイル。

夏の青空みたいにさわやかで、嫌みなんて1ミリもなく、けれど恋人にキスをしたことで少し照れた……ように見える完璧な笑顔。

ずっと笑顔を作り続けてきた庵くんの努力の結晶。

まさしく宝石みたいな表情に、会場はホストに魅了された乙女みたいに感嘆。

ただ……。

「……さっきの方が、大胆でしたね」

誰にも聞こえない声で、まるで自慢でもするみたいに襟で隠された首筋をなでる。

屋上での体験がリピート。

好きな人の体温。

彼の唇のやわらかさ。

何度も「綺奈(あやな)」って呼んで、抱きしめて、求めてくれたこと。

さっき振る舞った作り笑顔とは違う、私だけに見せてくれた街川庵の素顔……。

「えへへ」

私だけが知ってる、ベストカップルになった二人は恋人じゃない。

それどころか憧れの的になっている男の子は私と何度もキスをしていた。

たくさんしるしをつけてもらった。

彼の恋人になったわけじゃありませんが、あまりにも特別すぎる体験に頬(ほお)が緩んでしまいます。

(調子に乗るのはよくない気もしますが、今日だけはいいですよね？)

陰キャぼっちな私からしたら、夢のようなアオハルイベント。

最高の思い出ができました。

これならきっと、庵くんへの恋心を吹っ切ることができるはず。

初めてキスをしたあの日から、同居生活の中で膨れ上がっていた彼への気持ちに終止符を打てます。

いいえ、それこそ夢みたいな妄想ですが……もしかしたら、庵(いおり)くんも私に異性として好意を抱いてくれてるのかもしれません。

屋上で押し倒されたことを思い出したら、淡い期待が胸に灯(とも)りますが……。

(恋人同士になれたからって、幸せになれるとは限らない)

私の母と父がいい例です。

結婚までしたのに関係性は無残に崩壊。

娘として間近で見てたせいか、つい恋愛に関してネガティブに考えてしまいますね。

そして、それは庵くんも一緒かもしれません。

彼のご両親だって離婚してますし。

それにクラスメイトとの距離はちょっぴり縮まりましたが、未(いま)だに私を嫌ってる生徒(アンチ)は多いですし、恋人になったら庵くんまで嫌われてしまうかも。

(だから、きっと)

親友同士でいた方がいいに決まっていますよね。

誰にでも笑顔を振りまく親友が、私にだけ特別な素顔を見せてくれた。

その事実だけで、満足なんですから。

「みなさん！　ありがとうございました～！」

納得しているとことりちゃんの声が響きました。

優勝特権であるマイクによるスピーチ。

優勝したカップルは自分たちの模擬店や出し物の宣伝ができます。

「1－Aのメイド&ホスト喫茶をぜひよろしくお願いします！　ご帰宅をお待ちしていますね、ご主人様、お嬢様♪」

大勢の前でも臆さずに、ことりちゃんは純度100％の陽キャスマイルをお見舞い。

（これにて庵くんの作戦は完了）

コンテストはネット配信もされてますし、さらにお客さんが増えるでしょう。

模擬店1位を取るという目標に向かって前進です！

「あ、それから」

瞬間。

安堵した私の目に入ったのは、予想外の光景でした。

「さっきはありがとね？　私も庵のこと――好きだよ」

ちゅっ、と。

ことりちゃんが隣に立つ庵くんの頬にキスをしていました。

「ちょ、ガチ⁉　あ、あの堀内が……！」

「うっわー、やるなぁ。ベスカプ取れたのそんなにうれしかったのか？」

「くっそ～、街川うらやましい～！」

「美男美女の完璧陽キャカップルとか勝てるわけねえよ……」

会場が大騒ぎするのも無理ありません。

清楚。無垢。天使。

付き合ってはいますが、ある意味アイドルみたいに純粋な存在に思われてたことりちゃんがあんなことするなんて……！

「な、なんで⁉」

西野さんも心底驚いた顔で、

「あんなのことりらしくない！」

「あ、ああ。人前であんなマネしたのは初めてだな」

「庵くんもキスしたけど、それはアピールタイムだから仕方なくじゃん⁉　なのにどうして今……！」

「店の宣伝のためにインパクト残そうって考えたんじゃねえか？　じゃなきゃあそこまで

しねえだろ？　鈴原はどう思う？」

「何か考えがあってのことだと思いますよ」

大丈夫。

冷静に返答できました。

（ことりちゃんは双子の兄妹）

だったら頬にキスくらい大したことありませんよね。

それに私は、もっと特別なことを庵くんにしてもらって……。

「えっ――」

舞台上の光景に、私は自分の表情が凍りつくのを感じた。

キスされたのに驚いたのか、少しだけ表情を固まらせた庵くんですが、すぐに笑顔を浮かべました。

すぐにわかりました。

さっき優勝するために作った偽物の笑顔じゃありません。

本物の笑顔。

いや、お家の中でだけ見せる、等身大のはにかんだ笑み。

私にだけくれた――特別な素顔。

「っ」

待って。

お願いやめて。

私以外にそんな顔しないで。

激しく脈打つ心臓がひどく自分勝手な主張を叫んでいる気がして、思わず胸を押さえる。

それでも、ざわめきは収まりません。

照れくさそうに微笑(ほほえ)みながら、庵(いおり)くんがことりちゃんの頭を優しくなでていたから。

『女の人って軽々しく頭を触られるの割と嫌がるでしょ？　だから俺も信頼のおける特別な相手じゃないと無許可でなでたりしない』

以前、私にそう言ってくれたのに。

（い、いえ）

何をばかなことを考えているんですか!?

ことりちゃんに嫉妬するなんてよくありません！

相手は血のつながった妹。

素顔を見せるのは当然ですよ。

（そうです、動揺する必要なんてない）

ことりちゃんは偽物の恋人。

庵くんの好きな人じゃない。

絶対に恋人になりえない双子の兄妹なんですから。

（でも――）

もし庵くんに好きな人が、で、で、できたら？

その人と恋人同士になったら……どうなる？

以前、私は言いました。

お家で庵くんにキスしてもらった後で「こんな勘違いするようなこと好きな人ができるまでは私にしかやっちゃだめです」と。

彼もうなずいてくれたけど、それは文字通り好きな人が――恋人ができるまでの約束。

（だめ、こんなこと考えちゃだめです！）

必死に抵抗しても思考は止まりません。

『鈴原（すずはら）さんは俺にとって、これ以上ないくらい特別な存在だよ』

ネット上だけじゃなく、同居生活でも庵くんはたくさん優しい言葉をくれました。

でも彼に恋人ができたらすべてが変わる。

私にだけくれた言葉を、恋人にもあげるかもしれない。

『キミと一緒にいるだけで楽しい。俺は――鈴原綺奈と過ごす時間が、世界で一番大好きだから』

まるで告白みたいだったあの言葉も。

『キミと一緒に過ごすだけで俺は笑顔になれる。それは作り笑顔じゃない、心からの笑顔だよ。きっと街川庵って人間がずっと求めてきたもの……。だからできるだけ長く、キミのそばにいたい！　キミのことも笑顔にしてあげたいんだ！』

私の心を救ってくれたあの言葉も。

『今日からよろしくね、鈴原さん』

私が初恋をするきっかけとなったあの言葉も。

本物の笑顔も。

全部私以外の誰かのものになるかもしれない。

(やめろやめろやめろやめろ考えるな考えるな考えるな思い出すな思い出すな思い出すな思い出すなっ!)

私は!

鈴原綺奈は親友への想いを吹っ切らなきゃいけないんです!

『もし俺と過去を共有することで、鈴原さんが背負ってる何かが少しでも軽くなるんなら、俺は幸せだから』

しかし、記憶の再上映は残酷なまでに鮮やか。

つい数十分前に屋上でキスしたときの記憶まで蘇生。

綺奈、綺奈、綺奈、綺奈、と幾度も名前を呼びながら何度も唇を重ねてくれました。

私だけにくれた、思い出。

けど――もし恋人ができたら?

きっと庵くんは、今日私にくれたものを恋人にだけあげるようになります。

鈴原綺奈には決してくれない。

絶対に。

親友よりも恋人の方が、特別だから。

「えっ!? どうしたの!?」

隣にいた西野さんが心配そうに話しかけてきました。

私の瞳から大粒の涙がこぼれていたから。

「だ、大丈夫です。店長として、庵くんたちがコンテストで優勝してくれたのがうれしくて……きっとこれで、お客さんも増えますっ」

涙でぬれた声で必死に弁解。

あきらかに普通じゃない私の様子に、周囲の生徒がざわつく。

「とりあえずこれ使っとけ」と松岡くんが手渡してくれたハンカチで必死に涙を隠しながら、私は自分の愚かさを思い知っていました。

――親友同士でいた方がいいに決まっていますよね。

――誰にでも笑顔を振りまく親友が、私にだけ特別な素顔を見せてくれた。

――その事実だけで、満足なんですから。

さっきはそう自分に言い聞かせたけど、そんなわけはなかったんです。

(ああ)

できません。

この気持ちを吹っ切れるわけがない。

今でもはっきり憶えてる。

学校では欠点のない優等生だと思われてる親友が、私の部屋で涙をこぼしたこと。

そう、庵くんは完璧陽キャなんかじゃない。

（びっくりするくらい絵が下手で、小説の筆が鈍るとつい気分転換に猫動画ばっかり見ちゃって、対戦ゲームでは意外と熱くなりやすくて、推しアニメの脚本のことになると饒舌になって、お家の中では居眠りだってしちゃう……）

そんな些細なこと一つ一つが、愛おしい。

好き。

庵くんが大好き。

彼が私に色んな言葉をくれたように、私も彼の力になりたい。

笑顔にしてあげたい。

どうしよう、どうしよう、どうしよう、嫌だ、嫌だ、嫌だ、親友のままなんてもう嫌だ、もっと触れ合いたい、キスしたい、心の傷を癒やしてあげたい、これからもずっとあのお家にお泊まりしていたい、私は、私は、私は……！

庵くんの、恋人になりたい！

&

いつまでも止まらない涙が嫌で。

生徒たちからの好奇の眼差し（まなざし）が嫌で。

もしくは、庵くんとことりちゃんが祝福される空間が嫌で――。

私は体育館から逃げ出していました。

（気持ちを落ちつかせなきゃ）

校舎の屋上のベンチ。

夕日に照らされた誰もいない空間で深呼吸。

どこか逃げこめる場所がないかと考えたとき、思いついたのがここでした。

コンテスト前に庵くんと屋上から出るとき、急いでいたせいか彼は鍵を閉め忘れていたんです。

時間がなかったので私も指摘しませんでしたが、おかげでこうして一人になれました。

「早く、教室に戻らないと」

また看板娘をする予定になっていましたし、いつまでもここにいるわけにはいきません。

（でも……）

庵くんの顔を見たら、きっとまた涙がこぼれてしまう。

彼への気持ちを吹っ切るつもりだったのに。

はっきりと自覚してしまいました。

私は——庵(いおり)くんの恋人になりたい。

それほどまでに彼のことが大好きなんだって。

いっそ誰かに打ち明けたいけど、こんなこと相談できる相手なんて——。

「そうです、ことりちゃんなら……！」

この悩みを打ち明けられる。

スタバで「もし悩んじゃったら遠慮なく相談して？」って言ってくれたんです。

彼女は私にとって特別な友だち。

血がつながっていなかったら庵くんを好きになってたと言っていましたが、私みたいに彼に恋してるわけじゃ——。

「！」

庵くんに会う前にことりちゃんと話をしよう。

そう考えながら屋上を出ようとドアノブを握った瞬間、話し声が聞こえました。

誰か来る？

教師だったらどうしよう？　屋上は立ち入り禁止。見つかったら怒られる！

反射的に判断してから、私は屋上に並んだ大きな室外機の陰に隠れました。

「あれ、鍵開いてる」

途端、驚きのあまり呼吸が止まる。

「どうかしたの？」

「いや、なんでもない」

室外機の陰から覗くと、屋上に入ってきたのは庵くんとことりちゃん。

（なぜ二人がここに？）

コンテストの後は教室で接客することになってたはずなのに。

「話ってなんだ？」

「実はさ」

ことりちゃんの声はひどく緊張しているように聞こえました。

彼女は気持ちを落ちつかせるように深呼吸してから、

「もう、終わりにしよ？　私たちの恋人ごっこ」

どこかぎこちない笑顔を作って、告げました。

（嘘……どうして？）

ことりちゃんは、庵くんを告白から守るために、恋人ごっこを提案したはずで――。

「だってさ。庵、綺奈ちゃんのことが好きなんでしょ？　だから、ここでキスしてたんだよね？」

第8話　天使の涙

「見てたのか？」

夕日に照らされた屋上。

冷静な表情を保ちつつも、天使の姿をした妹に訊(たず)ねる。

コンテストが終わった後で、ことりに「大事な話がある」と言われた。

二人きりで話せる場所に行こうと言われて、この屋上を思いついたわけなんだけど。

「あはは、ごめんね。覗(のぞ)くつもりはなかったんだけどさ」

笑顔のままで、ことりは語る。

「コンテストの20分くらい前かな？　廊下でお水のペットボトルを持ったまま走ってる庵(いおり)を見かけてさ。どこ行くんだろ～ってつい追いかけたんだ」

「………」

「それで屋上に出てったから、何してるんだろってちょっぴりドアを開けたら、綺奈(あやな)ちゃんと一緒にベンチに座ってて」

「………」

「何を話してるかまでは聞こえなかったけど、妹としてなんだか気になってさ。しばらく様子を見てたら……びっくりだよ！　二人がキスしたんだもん！」

おめでと～！　と。

祝福でもするように妹は肩を叩いてきた。

「やっと俺にも彼女ができたか～。双子としてうれしいよ！」

「待て。あれは――」

「今さら否定しなくていいってば～。恋は病気と一緒。どんなに予防しててもある日突然誰かを好きになっちゃう。というわけで二人は付き合い始めたんでしょ？　だからあんな風にキスしてた」

「あんな風って……どこまで見てたんだ？」

「？　キスし始めたとこで『うっわお兄ちゃんアオハルしてる！』って恥ずかしくなって下の階に逃げちゃったけど……あっ、もしかして――」

「違う」

「大人の階段完全登頂――」

「そこまではしてないよ」

「え～、ホントかな～？　さすがにコンテストに間に合わないと思って電話しちゃったんだけど、やっぱりお邪魔だった～？」

ニヤニヤからかってくる妹。

危うく大人の階段上りかけたわけだけど、そこまでは見られなかったっぽい。

ただ、キスを見られたのは事実だ。

（いっそ俺と綺奈の関係を明かすか？）

実は同居してること。

互いの心の傷を癒やすためにあんなことをしてしまったこと。

だけど、鈴原綺奈＝サバトラってことは綺奈本人も隠したがってたし、独断で打ち明けるわけには——。

「もう恋人ごっこを続けるわけにはいかないと思うんだよね。庵と綺奈ちゃんは付き合ってるんだもん。それにさ」

メイド服のスカートをきゅっと小さな手でにぎりしめて。

一度顔をうつむかせてから、ことりはひどく深刻な顔で——告白する。

「私たち、血がつながってないんだと思う」

あまりにも予想外な台詞に頭が真っ白になった。

待て。

そんなわけあるか。ことりは10月にも「本当は血のつながった兄妹じゃない」なんて言ってきたけど、すぐに冗談だって訂正して——。

「っ」

けれど、今のが冗談じゃないってことはすぐにわかった。

「あっ、ご、ごめんね？」

妹の瞳から、大粒の涙がこぼれていたから。

「ことり？」

「き、気にしないで？　この涙は全然大したことない……俺が気にする必要なんてないから」

そんなわけあるか！

なぜことりが俺たちが義理の兄妹だと思ったのか？

事情はわからないけど、ことりの思い違いってこともありえるし、泣いてる妹を放ってなんかおけない！

「あっ」

少しでも落ちつかせたくて、涙を浮かべる妹を抱きしめる。

子供のころに二人でホラー映画を観たときみたいに。

ことりは「俺……」と一度だけ涙にぬれた声で俺の名前を呼んだけど、

「だ、だめだよ！」

何かを思い出したように、両腕で俺を突き放した。

「恋人ごっこはもうおしまい！　庵には本物の彼女ができた……。なのに血のつながってない妹と恋人みたいに振る舞い続けるなんて……とてもじゃないけど綺奈ちゃんに顔向けできないもん！」

そして、俺に背を向ける。

自分の泣き顔を見られるのを拒むように。

悲しみに歪んだ表情を封じこめるみたいに——だけど。


「ことりちゃん！」


屋上のドアへ歩き出したことりの前に現れたのは、綺奈だった。

「うそ……なんでここに⁉」

困惑した様子で俺の方を振り返ることり。

けど、困惑してるのは俺も同じだった。

「ごめんなさいっ」

泣いているのはことりだけじゃなかったから。

涙をこぼしながら、綺奈はかすれた声を振り絞る。

「ほ、本当にごめんなさいっ。ことりちゃんは庵くんと血がつながってない……なのに！　私、あなたにあんな相談をして……」

「待って！　落ちついて綺奈ちゃ――」

「スタバで『叶わない方が幸せだから』と言っていたのは、鈴原綺奈にとっての幸せという意味だったんでしょう⁉」

妹ははっきりと息を呑んだ。

沈黙。

オレンジ色に染まった屋上を静寂が支配する。

その中で、俺は少しでも状況を理解しようと。

向かい合う二人の方に歩み寄ろうとした――瞬間だった。

「来ちゃだめです！」

はっきりとした拒絶。

かすれた声で叫んでから、綺奈は後ずさりした。

「お願い、ですっ。今だけは来ちゃだめです。きっと、きっと、今庵くんがそばに来てしまったら……またあなたを頼ってしまうから……！」

まるでさっきのことりの再現。

涙を隠すように、綺奈は俺に背を向けて屋上のドアへと駆け出した。

反射的に追いかける。

たとえ拒絶されても、放ってなんかおけなかったんだ。

今の綺奈(あやな)はあきらかに普通じゃない。

このまま一人にしておけない。

それに、もう綺奈の涙を見るのは嫌だった。

だって俺は……。


「きゃ!?」

呼吸が止まった。

小さな悲鳴。

ドアを開けて階段を駆け下りようとした綺奈が、バランスを崩した。

たった今交わした会話がショックだったのか、
一刻も早くこの場から離れたくて焦ったのか、
それとも、涙で視界が歪(ゆが)んでいたのか——。

彼女は足を踏み外した。

そして、華奢(きゃしゃ)な体が、まるでオモチャみたいに階段から転げ落ちようとして——。

第9話　み■■と■■ハ■

【聞いた!?　街川くんが骨折したって話！】

【は!?　なんで!?】

【階段から落ちて腕折っちゃったとか。頭も打ったみたいで一時は意識もなかったみたい。その場に堀内さんもいたんだけど、パニクって泣いちゃって大変だったんだって】

【やばっ、フツーに大事故じゃん!?】

【駆けつけた先生に介抱されて意識は戻ったけど、街川くんは担任の車で病院直行。しかも話はここで終わらなくてさ。その場にソロギャルもいたんだけど、あいつが街川くんを突き落としたらしいの】

【えっ!?】

【泣き叫ぶ堀内さんの横で、青ざめた顔しながら『私のせいだ』ってつぶやいてたのを見たって女バスの友だちが言ってた。野次馬が撮ってたのか、そんときの動画も拡散されてて大炎上！】

【うっわー。あ、そういえば私も見たよ？　ベスカプコンの会場でソロギャルがガチ泣きしてるとこ】

【マジ!? あいつのクラスの男子から聞いたんだけど、たしかソロギャルって5月に街川くんに告ってフラれたんでしょ？】

【あいつ、まだ街川くんのこと好きだったんじゃない？ だからベスカプコンでイチャつく二人を見て耐えられなくなった。それで人気のないとこに街川くんを呼び出して交際迫ったけど、拒否られて、頭にきて……どーん！】

【うえ～、最っ低～】

【ね～。模擬店どうするんだろ？】

【明日様子見に行っちゃおっか!?】

【あはは、ヤダよ～。ソロギャルって文化祭実行委員でしょ？ 模擬店1位取ったらあいつの功績になっちゃうじゃん！ 1-Aのみんなには悪いけど、ソロギャルが調子に乗ったらヤだしさ！】

&

「――とまぁ、こんな話が生徒たちのLINEで飛び交ってるっぽい。あとはバカなヤツが『街川庵は堀内ことりと鈴原綺奈に二股かけてた』みたいなウワサも流してるっぽいが、そっちはベスカプコン1位に嫉妬してるだけだろうし気にすんな」

時刻は19時32分。

お家に帰ってきた後で、ノートPC画面に映った松岡くんが言いました。

ビデオ通話による緊急リモート会議。

参加者は、街川庵、松岡充哉、西野萌果、七城大吾、そして――。

「本当に、申し訳ありません」

PCに向かって私は深々と頭を下げました。

もちろんウワサ話のように私が庵くんを突き落としたわけじゃありません。

真相は、足を踏み外した私を庇って怪我をしてしまった。

転げ落ちる寸前に手をつかんで引き上げてくれたけど、力をこめすぎたせいで、くるりと私と庵くんの位置が反転。

庵くんの体が階段から落下。

「庵くん、大丈夫なの？　右腕、折れちゃったんでしょ？」

「ううん。それはウワサについた尾ひれ。実際はひびが入っただけ」

腕の痛みを堪えるように、笑顔を作る同居人。

階段から落ちたときに頭を打って気を失ってましたけど、さっき病院で受けたMRIとCTスキャンの診断結果は異状なしだそうです。

右手前腕にギプスをつけて帰宅。

利き腕を満足に使えませんが、こうして会話はできます。

それでも罪悪感は少しも消えませんでした。

同居がバレないように、庵くんはリビング、私は自室からリモート会議に参加していま す。

画面に映るのは、今にもこぼれそうな涙を必死にこらえている自分の表情。

(これ以上庵くんに迷惑かけられません……)

泣いちゃだめだ!

私に泣く資格なんてない!

『綾坂祭が終わったら前よりも面白い小説を書ける気がするんだ』

なのに。

昼間の親友の言葉を思い出すだけで、涙がこぼれそうになる。

『キミとお祭りを回れてすごく楽しかった! 創作活動におけるいいインプットになったとも思う。だから早く小説が書きたい!』

あんなに楽しそうに笑ってたのに、庵くんはしばらく小説を書けない。

利き腕を怪我(けが)してしまったんです。

そう、全部私のせいで……！

「みんな。大事な話があるんだ」

息を呑(の)む。

このリモート会議は庵くんがＬＩＮＥで提案したものですが……。

――ひょっとして怪我のせいで明日の綾坂祭に来られない、とか？

――そのせいで私に怒ってる？

――それか『模擬店の印象が悪くなるし、鈴原(すずはら)さんは明日は学校に行かないでくれ』って頼まれるんじゃ……！

思考が最悪な発想に侵される。

利き腕だけじゃありません。

ひょっとしたら私たちの関係性まで壊れてしまったのかも。

庵くんや、松岡(まつおか)組のみなさんにも、見放されてしまった……。

ウワサのせいでクラスのみんなにも嫌われたに決まってる！

(あの人に……お母さんに捨てられてしまったときと一緒)

私がいたら明日の集客が減って、ランキング１位が遠のく。

結果を出すどころかみんなの努力(がんばり)を台無しにした私は、また誰にも必要とされない人間に逆戻りして――。

「ミイラ男はどうかな？」

「――は？」

　あまりにも予想外の言葉に声を上げると、庵くんが微笑んでいました。

「そんなにきょとんとしないでよ。明日の俺の衣装、ギプスもつけてるんだし、ホストよりもミイラ男の方が似合いそうじゃない？　ちょっと遅めのハロウィンってことでさ」

　庵くんの言葉に、松岡くんも笑顔でうなずきます。

「いいな！　絶対ウケる！　けど俺よりモテんなよ!?」

「いっそ『ツタンカーメン街川への餌付け体験』をやったらどうだ？　1回500円。利き腕が使えない街川にお菓子を食べさせるプランだ」

「うっわ、それ反則だってば！　女性客入れ食いになるし、配信すれば投げ銭ザックザクじゃん!?」

　七城くんと西野さんも笑顔で話に乗っていました。

「ま、待ってください！」

　ひどく困惑しつつも、訊ねます。

「今はもっと大事な話があるはずです！　私についての悪いウワサが流れているんでしょう？　そのせいで明日の模擬店に悪影響が出ます！　クラスのみんなだって私に怒ってる

「はずで——」

「んなわけねえだろ」

「⁉　どうして……?」

「まだ見てねえのか?　検査を終えた庵がクラスLINEで説明したんだ。『俺が怪我けがしたのは階段で足を滑らせた鈴原すずはらさんを庇かばったからなんだ』ってさ。な、庵?」

「うん」

「そんな……なんで……」

信じられません。

庵くんはまだしも、松岡くんたちまで気づかってくれるなんて。

なぜ……どうしてここまで優しくしてくれるの?

&

やっぱり、松岡組を緊急招集してよかった。

PC画面の前で、俺は考える。

ことりには連絡がつかなかった。

それでも俺は充哉みつやたちを頼った。

病院で検査と治療を受けながら精一杯頭をひねってたどり着いた最善策。

俺一人で綺奈と会話することも考えた。

けど、怪我した俺と二人きりになったら綺奈は自分を責める。

親友は優しい。

だからこそ責任と負い目を感じて会話どころじゃなくなる。

俺一人じゃ立ち直らせるのに数日間かかるだろう。

綾坂祭2日目には間に合わない。

そうなったら、綺奈の傷はより深くなる。

だからこそ、みんなの力を借りることにした。


『友だちなんて作れない。みんなは当たり前のようにやってるけど、ぼくには絶対に無理』


以前綺奈はそう打ち明けてくれた。

ずっと母親から愛情を与えられず、ついには「結果を出せない子は、もう必要ない」と捨てられたから。

自分の存在を全否定されたから。

そして今もソロギャルアンチたちの誹謗中傷に傷ついている。

だからこそ――。

「そんな……なんで……」

「悲しいこと言わないでよ。俺たち、鈴原さんと綾坂祭を楽しみたいんだ。それは鈴原さんも同じでしょ？」

「えっ……」

「だから、やりたいことリスト⑦にあんなことを書いたんじゃない？」

俺の言葉に、綺奈はあきらかに驚愕した。

――み■■と■■ハ■したい！

さすがに全部塗りつぶされてたらわからなかったけど、ヒントはあった。

綺奈いわく、陰キャな自分には似合わない青春っぽい内容。

綺奈は唯一顔色が読めない相手だけど、親友だからこそ願望は推測できる。

答えは――。

「『みんなとアオハルしたい！』」

「それは言っちゃだめですー!?」

正解だったのか、綺奈は顔を赤くしながらあわあわしていた。

「い、言ったのに！　解読しちゃだめってあんなに言ったのに……！」

「ごめんね」

「ん？　よくわかんねえけど、ソロギャルは……」

「あたしらとアオハルしたかったの⁉」

「い、いえ、そんなことは――」

「アオハルか。いいんじゃないか。スポーツ漫画のキャッチコピーみたいで好みだぞ」

「あたしも～！　綺奈さんとアオハルしたい！　アオッハル！　アオッハル！」

「あ、あの、恥ずかしいので連呼するのは……」

「いっそソロギャルからアオハルに改名してみねえ？　なあアオハル？」

「背筋が凍りつく発言をしないでください！」

アオハル発言を歓迎する陽キャたちとは対照的に、綺奈はまだ及び腰だった。

「私の目標は忘れてください！」

「えっ、なんで⁉」

「それは……私が陰キャなオタクだからですっ」

ずっと言えなかったことを打ち明けるように、親友は続ける。

「西野さんは私をクールで格好いいって言ってくれましたけど、私はただの人見知りなぼっちなんです！　私にアオハルなんて似合うわけありません！　それに、今回の件でクラスのみんなからも嫌われてしまって――」

「そんなことないよ」

俺は左手でスマホを操作して、スクショしたクラスＬＩＮＥの画像を綺奈に送る。

綺奈が俺を突き落としたんじゃないよと説明したときの会話。

【ほらやっぱり！】

【鈴原が街川を突き落とすとかありえねえと思ったぜ！】

【俺の言葉なら信用できるな】

【女の子を助けるとか街川くんっぽい！】

【鈴原さんの様子はどう？　誰か連絡取ってないの!?】

【嫌なウワサが流れたせいで落ちこんでないか心配だよ！】

スクショを見たのか、綺奈がひどく驚いていた。

実行委員になったことをきっかけに綺奈も加入したコミュニティ。

きっと綺奈は、みんなの反応が怖くて見ることができなかったんだろう。

「どうして……？」

けれどそこは、鈴原綺奈を心配する声であふれていた。

【鈴原、明日来るかな？】

【いやいや！　店長が来てくれなきゃ困るっしょ！】

【だよね！　香純もそう思うでしょ？】

【当たり前じゃない！　私だって鈴原さんと一緒に綾坂祭を終えたいもの！】

「う、嘘です！　なんで私みたいな何もできない陰キャを……」

目の前の現実が信じられない綺奈に、

「嘘なわけないよっ！」

西野さんが叫んでいた。

「たしかに綺奈さんは周囲に冷たくしてた！　でも近ごろは違う！　クラスの女子は見てたもん！　綺奈さんが文化祭を盛り上げるために実行委員をがんばってた姿！」

大吾がうなずく。

「それは男子も同じだ。店の看板や内装だってデザインしてくれたし、俺たちと会話するようになった。鈴原は変わったとみんなで話をしていた。だからこそみんな模擬店をがんばったんだ」

そして、充哉が微笑む。

「鈴原が陰キャだとかオタクだとか関係ねえよ。そんなことで誰も差別したりしねえ。てか、させねえ。俺らがおまえを守ってやる」

つい1ヶ月前までなら綺奈のことでクラスが一致団結することはなかったと思う。

だけど俺とルームシェアした後から、綺奈は変わった。

少しずつだけど、勇気を振り絞って、挑戦して、努力して、成長できた。

その成長が、みんなを変えたんだ。

「これでも俺は女には優しいんだ。それに店長のおまえが明日来なかったら、下手したらクラス委員の俺が店長代理に……あれ？　そしたら店長権限で女子にエロいコスさせられんじゃね？」

「お願い綺奈さん！　明日絶対学校来て!?」

「ヤリキン店長じゃ1－Aが風営法で摘発されるし、看板娘は鈴原以外に務まらん」

「はは、それもそっか！　庵(いおり)だって、鈴原に学校来て欲しいよな？」

「もちろんだよ」

さすがコミュ力抜群なハイカースト陽キャたち。

西野さんがはげまして、大吾が男子の意見を伝え、充哉が空気を軽くするための冗談を入れ、完璧なタイミングで俺にパスをくれた。

親友だからこそわかる。

——私のせいで悪評が流れて、クラスのみんなの努力を無駄にしてしまった。

——みんなに嫌われた！

——結果を出せなかった自分はまた必要とされなくなるんじゃないか!?

綺奈は間違いなく不安になってる。

母親に言葉で刺された傷が開きかかってる。

わかるよ。

俺にも同じ傷があるからさ。

そして、きっと――。

(だから俺は、初恋を終わらせたかったんだろうな)

誰かに嫌われることを恐れてる親友の姿を見て、ようやく気づけた。

まるで鏡に映った自分自身みたいだったから。

今の綺奈(あやな)と一緒で――俺も怖かったんだ。

告白が失敗して綺奈に拒絶されたくない。

小学校でいじめ加害者たちに嫌われたように、綺奈に嫌われたくない……って。

いじめられてたころの古傷(トラウマ)に苛(さいな)まれてた。

ネットの親友だってことがわかるまでは、綺奈に嫌われてたせいもあるのかもしれない。

彼女にまた嫌われるのだけは、避けたかったんだ。

だからこの関係を壊したくないって言い訳をして、恋心を枯らそうとしたんだ。

けど、それも――もう終わりだ！

「結果を出すとか出さないとか関係ない！　鈴原(すずはら)綺奈は、俺たちにとって必要(たいせつ)な存在(ともだち)だよ！」

迷いを吹っ切るように、感情のままに叫んだ。

もちろん解決してない問題はある。
屋上でことりが涙を流した理由。ことりと綺奈の間で何が起きたのか……いいや。
(切り替えろ)
今重要なのは明日の綾坂祭を成功させること。
もし失敗すれば綺奈は心に深い傷を負う。

『ありがとね？　心の底から言えるよ。ぼくにとってキミは世界で一番大切な存在だ。大好きな友だち。ＩＯＲＩがいてくれて、本当によかったよ』

思い出すのは、初めてキスをした日にもらった言葉。
ずっと周囲を拒絶してた同居人が浮かべた微笑み。
街川庵の傷を癒やしてくれた優しさ。
そして、今にも泣きそうな綺奈の顔を見てたら、覚悟が決まった。
思えば似たような動機で、俺は屋上で綺奈にキスをしたけど──はっきり自覚できた。
(俺はただ、綺奈の笑顔を守りたい)
好きな人の心に寄りそっていたいんだ。
そう、親友じゃなくて、恋人として！

「もちろん、無理強いはしない。来たくないなら学校を休んでいい。誰もキミの選択を責めたりしない。ただ、これだけは憶えておいて欲しい。もしキミが明日来てくれたら、1-Aの文化祭は今日以上に楽しくなる」

「街川くん……」

「それに、このままキミのアンチたちに好き勝手言わせておいていいの？　他のクラスに模擬店ランキングで1位を取らせていいの？　少なくとも、俺は絶対に納得しない」

「えっ……？」

「キミの陰口を叩いたヤツらが明日何食わぬ顔で綾坂祭を満喫してたら、F××Kして、や、や、や、りたいくらいに腹が立つ」

俺以外の全員が息を呑んで驚いた。

無理もない。

今のは誰にでも笑顔な街川庵が絶対に言っちゃいけない言葉。

けど、綺奈のためならこの一歩を踏み出せる。

『このマイナス感情をプラスパワーに変えるんだ！』

以前、同居人が語ってたモチベーション上昇法。

親友だからこそ伝わる戦い方。

「アンチが俺たちよりも綾坂祭を楽しむ？　ランキング１位を取ってベタな青春ドラマみたいに盛り上がる？　そんなの許せない。友だちが言葉のナイフで刺されたのに黙って死んだふりをしてるなんて、死んでも御免だ！」

大丈夫、俺たちならできるよ、とアイコンタクト。

――私が怪我したことは気にしないでください。

――腕にひびが入っただけ。サバトラさんとはずっと一緒に創作活動をしてきたんです。

――これくらいじゃ、私たちの絆は壊れませんよ。

ここでは言えない本音を眼差しにこめる。

親友同士の以心伝心。

綺奈なら声に出さなくても十分伝わる。

そう信じながら――。

「一緒にアオハルしよう？　アンチたちの青春をぶち壊してやろう！」

「――はいっ」

綺奈は、こぼれた涙を拭いながら声を振り絞ってくれた。

「こ、こんな私を信頼してくれるのでしたら……期待に応えたいです。結果を出せるかわかりませんが、クラスのみんなと一緒に……あおはりゅしだいですっ。あんぢだちをF××Kじでやりまじょうっ」

「ちょ、泣きながらF××Kとか言っちゃダメで……いや！　F××Kって英語だよね？　英語ならグローバルだし世界のAYANA　SUZUHARAっぽいからOKかぁ！　いえーい！」

「落ちつけ西野。まあ、鈴原が立ち直ってくれてよかったが……」

「……マジか？　あの庵がここまで感情的に叫ぶとは。別人みたいだったぜ？」

「あはは。文化祭ハイになってるのかもね」

「よし！　じゃあ俺らもいっちょハイになって、明日のための作戦を立てようぜ！」

話題を変えるために充哉が手を叩いた。

「問題は二つ。①鈴原への悪評をどうするか。②未だに連絡が取れないことりについて」

「SNSってすっごい便利だけど、こういうときって不便よね……」

「悪いウワサは一気に広まっているだろうな」

充哉たちは優しいから具体的な明言は避けている。

このままじゃ明日の客足は落ちる。

アプリを使ったランキング投票でも綺奈がいる1－Aに票を入れない生徒もいるはず。

だけど――。

「問題①は解決できるよ」

「はあっ⁉　マジか庵！　おまえどんだけ有能なんだよ⁉」

「今ひらめいたわけじゃないよ。実は、今日俺と鈴原さんとことりが人気のない場所で会ってたのは、2日目を盛り上げる作戦について話し合ってたからなんだ」

「えっ、それホント⁉」

「つまり秘密の会議をしていたということか⁉　その後で鈴原が足を滑らせて……」

「庇った俺が怪我をした。ね、鈴原さん？」

「はい」

さすが親友、即興で作った設定に乗っかってくれた。

松岡組のみんなに嘘をつくのは心苦しいけど、あのとき起きたことは言えない。

だったら嘘で上書きして、その嘘を周囲に広めてもらった方が1-A以外の生徒たちの疑念も晴れる。

それに――作戦があるというのは嘘じゃない。

模擬店を盛り上げる方法。

朝比奈さんを懐柔するために考えていた最初のプラン。

綺奈が抱える問題を考えたら実行できないと封印した一手。

けど、今の綺奈なら――。

「大丈夫です。街川くんが考えてくれた作戦で行きましょう」

「！」

ああ、気が合いすぎますよ、サバトラさん。

一度ならず二度までもこっちの思考を悟ってくれた。

「わかった。キミが大丈夫なら決行しよう。題材は……」

「人を呼べるものがいいですよね？　私に考えがあります」

よし、それなら問題①は解決できる。

残るは問題②、未だに連絡が取れない妹。

間違いなく俺が怪我をしたことに責任を感じている。

俺やみんなに合わせる顔がないんだろう。

（さっきは屋上で起きた出来事から目を逸らしたけど……）

ことりと対話するには、誰かがあいつと向かい合わなくちゃいけない。

「お願いがあります。ことりちゃんのことは、私に任せてくれませんか？」

口を開いたのは、綺奈。

「私には……私にだけは、今のことりちゃんの気持ちがわかります！　私なら、ことりちゃんと向き合えると思うんです！」

口下手でシャイな親友は、精一杯の勇気を振り絞るように告げた。

まだ心の傷は痛むはず。

それでも前に進もうとしてる。

自分と、俺たちと、クラスのために。

そんな同居人の姿を見てたら――。

「――」

胸の奥で、ゆるぎない決意が生まれた。

明日、決着をつけよう。

もちろん怖い。

胸の奥の古傷が痛む。

けど、それでも、精一杯の勇気を振り絞って一歩踏み出した親友の前で、これ以上自分に嘘なんてつきたくなかった。

（絶対に1-Aの綾坂祭を成功させる。そして、すべてが終わったら――）

告白しよう。

綺奈に、自分の気持ちを。

第10話　ことりと綺奈

「あっ、もしもし、綺奈ちゃん？」

時刻は午前9時。

綾坂祭2日目が始まる時間にきた電話に、制服姿の私は自宅のリビングで対応していた。

「どうしたの？」

「あの、ことりちゃん、今日は学校は……」

「休まないよ！　ごめんね？　ちょっと体調悪くて遅刻しちゃったけど、今から向かうからさ！」

嘘だ。

精一杯明るい声を作ってるけど、体調は最悪。

（いや、体っていうよりメンタルか……）

昨日の光景が目に焼き付いて離れない。

綺奈ちゃんを庇って階段から転げ落ちた庵。

あ、あのときみたいに、力なく床に倒れる兄の姿。

『い、嫌っ！　こんなの嫌！　起きて！　起きてよ庵ぃ！』

完璧にパニックを起こして、庵の体にすがりつきながら泣き叫んだ。

蘇ったのは、幼いころの記憶。

ストレス性の胃潰瘍で吐血して倒れた庵の姿。

庵のあんな姿はもう見たくない。

誰にも庵を傷つけさせやしない。

二度とあんなことが起こらないように、平和なクラスを作る。

そのために堀内ことりはずっと『いい子』で居続けてきたのに……。

（私のせいで庵に怪我させた……）

私が屋上に呼び出さなければあんなことにはならずにすんだ。

後悔でいっぱいで、みんなからの連絡に応えることすらできなかった。

庵から【腕にひびが入っただけだから大したことない。気にするな】ってＬＩＮＥが来たけど、返信すらできなかったの。

昨日の放課後にちらっと耳にしたけど、綺奈ちゃんについてのよくないウワサが流れてるとも聞いた。

「綺奈ちゃんは今学校？」

のかなってつい反応しちゃったんだよね」

「はい。誰もいない空き教室で電話してます。よかったです、出てくれて」

「綺奈ちゃんの方から連絡くれるのって初めてだったからさ。何かトラブルでも起きたのかなってつい反応しちゃったんだよね」

よかった。

声の感じからして綺奈ちゃんはもう立ち直ってるみたいだった。

(きっと、庵がはげましたんだろうな)

安心するのと同時に、心が鉛のように重くなる。

恋人同士なんだから支え合うのは当たり前だよ、と考えるのと同時に、二人が屋上でキスしてた映像が容赦なく蘇る。

「ありがと〜！　心配して電話かけてくれたんでしょ⁉︎　私は全然大丈夫！　ちゃんと学校だって行くから！」

この期に及んでいい子らしい明るい声を作ったけど、不安だった。

本当に学校に行けるの？

むしろ私が行ったら迷惑なんじゃない？

お祭りの邪魔をしちゃったんだ。

(庵やみんなに合わせる顔がないよ……)

今の私は……自分に自信が持てない。

クラス委員として1-Aを支えなきゃいけないのに、みんなの努力を台無しにした。

最低最悪すぎる、罪悪感でいっそ死にたい。

学校に行かなきゃってわかってるのに、どうしても自分の気持ちに素直になれない……。

（学校に行けば、俺が優しくしてくれると思う）

私の行動に共感して、肯定して、はげましてくれる。

でも——今あいつに優しくされたら。

きっと私は自分の気持ちを止められなくなる。

そう、兄に恋人ができたっていうのに。

私はまだ、あいつのことが——。

「あの、ことりちゃん」

緊張した様子で綺奈ちゃんが口を開いた。

（そういえば、前に俺に借りたラノベにこういう展開があったっけ）

物語終盤でトラブルが起きて部屋にこもってしまったヒロイン。

彼女を助けるために立ち上がった仲間たち。

シリアスで感動的な説得。

そしてヒロインは部屋を出て、仲間と合流し、青春して、ハッピーエンド。

ひょっとしたら、綺奈ちゃんもあのラノベみたいに私を説得するつもりなんじゃ——。

「――恋バナ、しませんか？」

が。

兄の恋人が口にしたのはまったく予想外の言葉だった。

「前にスタバでもしましたよね？　あれの続きをしましょう」

「……どうして今？」

困惑する私に、綺奈ちゃんは告げる。

「実は私――好きな人とルームシェアしてるんです、か、か、か、か」

「は⁉」

「その人のペンネームはIORI。WEB小説を書いています。ネットでは女性作家だと勘違いされていますが、正体は街川庵。そして私は彼と漫画を描いています」

「ま、待って⁉　じゃあ……！」

「私が、サバトラです」

明かされた事実に頭どころか視界まで白黒しそうだった。

（嘘は……言ってないよね？）

このタイミングで嘘をつく理由が思いつかないもん。

それに元々親友同士だったとしたら、二人が急激に仲良くなった理由も納得できる。

鈴原綺奈＝サバトラだとしたら、あの神がかった画力もうなずける！

「それでここからが相談したいことなんですが……同居はしていますけど、庵くんとはお付き合いしてないんです」

「へ？」

「恋人同士じゃありません」

「……………。待って？　昨日屋上でキスしてたよね？　それに同居してるってことは色々してるんじゃない？　男女のスキンシップ的な」

「たしかに一緒にごはんを食べたり、ゲームをしたり、おかえりのハグをしたり、同じベッドで添い寝もしましたが……お付き合いは……」

「で、でも、まだお返事してないだけで、庵から告白されたりしたんじゃ……！」

「いえ。特に何も」

「はぁあああああっ!?」

あんのばか兄っ！

告白もしてない女の子にあんなことしてたの!?

しかも私の友だちに！

充哉くんの生霊にでも憑りつかれたかな!?

（い、いや、落ちつけ）

庵のことだ。

女癖の治安崩壊は起こしてないはず。

あいつってずっと初恋未経験だったもん。

綺奈ちゃんを好きになったはいいけど、距離の縮め方がわからなくて、つい気持ちを伝えるよりも身体的な接触が先になっちゃったとか……。

「これが私の恋バナです。ありがとうございました。ことりちゃんに話せたら、なんだかすっきりしました」

考えこむ私に、綺奈ちゃんは続ける。

「次はことりちゃんの番です」

「！」

「恋バナ、聞かせて欲しいです。庵くんのこと、好きなんですよね？」

「それは……」

「スタバで『庵が実の兄じゃなかったら好きになってた』って言ってたじゃないですか。ことりちゃんと庵くんは、血のつながった兄妹じゃないんでしょう？」

言葉に詰まる。

綺奈ちゃんは庵のことが好きなんだ。

だったら私は身を引いた方がいい。

理性ではわかってるのに——。

「――うん。そうだね」

ついうなずいてしまっていた。

きっと、私は打ち明けたかったんだと思う。

誰かに聞いてもらいたかったの。

友だち、教師、両親、そして俺にも相談できなかった悩みを。

「私は、俺のことが好き」

「屋上で聞いてしまいましたが、二人は……」

「血のつながった兄妹じゃないんだと思う」

「ずっと前からわかってたんですか？」

「ううん。きっかけは中3の冬。一人で家の倉庫を整理してたら古いアルバムが出てきたの。その中に赤ん坊の私の写真があったんだ。生まれたばかりで新生児室にいる写真。ただ、私のベッドについた名札に書かれてたんだよね。『岬ことり』って」

「っ」

「街川でも、堀内でもない。岬なんて聞いたことがない名字だった」

「そのことについて、ご両親には……」

「まだ話せてない。簡単に訊ねられる話題でもないしさ」

でも、お父さんもお母さんも浮気するような人じゃないと思う。

離婚原因も浮気じゃないしね。

「両親が浮気相手と作った子供じゃない。だとしたら……」

「ことりちゃんは何らかの理由で今のご両親に引き取られた？」

少なくとも私はそう考えてる。

そして、同い年だった庵と一緒に育てられた。

「双子だということにしたのは……」

「お父さんたちの気づかいかも。色々話しづらい理由があったかもしれないし、私だけ血がつながってない家族ってことを明かすのもためらったんじゃないかな？」

「……。では……」

大きく深呼吸。

今までで一番真剣な声で、綺奈ちゃんは訊ねる。

「ずっと庵くんに恋をしていて、本当の兄妹じゃないって知ったことで、彼への恋心が爆発しちゃったんですね？」

「ううん。全然そんなことない」

「は？」

「血がつながってないって知ったときはそりゃあショックだったよ。でも、それだけじゃ異性として意識しないでしょ？」

「えええええっ⁉　どどどどうしてぇ⁉」

「いや、どうしてって……」

「王道展開ですよぉ⁉　幼いころからずっと好意を抱いていたお兄ちゃん！　でも私は妹、結婚できないんだ……と思ってた矢先！　あきらかになった衝撃の事実！　私とお兄ちゃんは義理の兄妹！　そこから始まるラブストーリー！」

「ラノベやアニメに脳ミソ毒されてない？」

「妹キャラはなんだかんだお兄ちゃんが大好きなものなんですよぉ！」

「なんていうか、綺奈ちゃんってホントにサバトラくんなんだね……」

そりゃあ俺と仲良くなれるよ。

サバトラくんのSNSみたいにオタトーク全開だもん。

「たしかに庵のことは家族として大事に思ってたよ？　兄妹として好きだった。けど、それは恋愛的なものじゃなかったの」

「じゃあ、ことりちゃんはいつ庵くんに恋したんですか？」

「今年の5月」

「つい最近じゃないですか⁉　15年間恋愛対象じゃなかったのにいきなり恋に落ちます⁉

一体何が……！」

「ごめんね？　それは言えない」

あのことが綺奈ちゃんにバレるのは俺も嫌がると思うしね。

あいつもまさかあのとき妹にほれられたとは思ってないはずだもん。

「……ずるい。教えてくれたっていいじゃないですか」

「いや、私は照れくさくてごまかしてるわけじゃ」

「気になりますよ！ 片想いのお相手はワイルドで格好いい人ってスタバで言ってましたよね!? 俺くんと真逆じゃないですか！」

「そんなことは……」

「原宿で大人っぽい下着を買ってましたよね？ 実はあれも俺くんに見せるためだったのでは？ それに俺くんに関しての……え、えっちな夢もけっこー見るって――」

「その話題はけっこー照れくさいかな!?」

「あっ、ごめんなさい。つい勢いで聞いてしまって……」

「ううん、そこまで謝らなくても大丈夫。それにさ。私が俺を好きってことは忘れて？」

「えっ？」

「前にＬＩＮＥで言ったでしょ？ 綺奈ちゃんを応援するって」

そうだ。あの言葉は嘘じゃない。

「綺奈ちゃんは、俺にふさわしい女の子だって心の底から思う！ 正体がサバトラくんならなおさらだよ！ あそこまで俺が心を開いた友だちなんていない！ だから――お願い。

私の恋は忘れて？　私も忘れるようにするから」

「忘れるために、あんなことしたんですか？」

心臓が止まるかと思った。

声すら出せない私に、綺奈ちゃんは続ける。

「おかしいと思ったんです。ベスカプコンでことりちゃんが俺くんの頬（ほお）にキスしたこと。宣伝のためとはいえ、あなたは大勢の前であんな大胆なことする人じゃありません」

やめて。

「私を応援するって言ったのにキスをするなんて。行動が矛盾しています。ことりちゃんは何のきっかけもなしにああいうことをする人じゃないはずです」

やめて、やめて、やめて！

「きっと、屋上で私と俺くんのキスを見たことがきっかけなんですよね？　あのとき私と俺くんが付き合ってるって思った。だから、吹っ切ろうとしたんじゃないんですか？」

なんで全部知ってるの!?

どうしてここまで私の気持ちを……！

「最後に俺くんにキスをして、彼への恋を終わらせようとしたんですよね？　――わかりますよ。私も同じ理由で、俺くんとキスしましたから」

「っ」

「本当に、痛いほどにわかります。でも……結局私は吹っ切ることができませんでした！　庵くんの恋人になりたいって思ってしまったんです！　ことりちゃんも一緒なんじゃないですか!?　だから屋上で恋人ごっこをやめたいと言ったときに、涙を――」

「ありがと、綺奈ちゃん」

友だちの言葉を遮るように。

私は必死に『いい子』な声を作って言葉をつむいだ。

「私なんかのこと気づかってくれてさ。でも、いいんだ。そもそも私が庵に恋をしたのが間違いだったんだよ」

「それは……義理の兄妹だから？」

「ううん。綺奈ちゃんなら知ってるかもしれないけど、庵は昔いじめられてた。それって私が原因でもあるんだ」

そう、庵が私と仲良くしてたことに嫉妬した男子たちが、あいつにひどいことをした。

それ以来、決めたんだ。

「もう二度と庵が傷つかないようにする。そのために私がクラスのムードメーカーになる。みんなが認める『いい子』になる。そして、誰も傷つかない理想のクラスを作る」

「ことりちゃん……」

「だから、恋愛してる暇なんてないの。庵との恋人ごっこだってあくまで告白除け。全部、俺のことを守るため」

そう、理由はそれだけのはずなのに……どうして？

昼休みの屋上で二人でお弁当食べたり、放課後に手をつないで下校したり、恋人アピールをインスタにアップするために色んな場所にデートに行ったり……。

必死に忘れようとしてるのに、恋人ごっこをした半年間の思い出が頭を駆け巡る。

なんで、どうして……消えてくれないの⁉

「――とにかくっ。私は綺奈ちゃんを応援する。綺奈ちゃんの願いを叶えてあげたい。そのためならなんだってするよ！」

そうだ。

まだ付き合ってないのなら、いっそ綺奈ちゃんが俺の恋人になってくれたらいい。

そうすればこの恋心も枯れてくれるはず。

（それに、綺奈ちゃんはシャイだ）

私には逆らわない、言葉で強く押せば従ってくれる！

「本当に、いいんですね？」

念を押すように、綺奈ちゃんは訊ねてきた。

「本当に、私の願いを叶えるためならなんだってしてくれるんですね？」

「もちろんだよ」

「助かりました。交渉の手間が省けましたので」

「？　ひょっとして悪いウワサの件を解決してほしいって頼むつもりだった？　大丈夫！　そっちは任せて!?　全部私がなんとかす――」

「嫌です」

綺奈ちゃんは――いつもはシャイな友だちは、はっきりと否定した。

「ことりちゃん一人にがんばらせることなんてできません。私だって実行委員として、クラスの力になりたいんです。庵くんが私を信頼してくれました。庵くんのおかげで、松岡組……そして、クラスのみんなも私を信頼して、任せてくれることになったんです。私は、その信頼に応えたい」

「任せるって……」

何を？

困惑する私に、綺奈ちゃんは語った。

メイド&ホスト喫茶2日目の戦略。

街川庵が描いた、起死回生のシナリオ。

第11話　恋の病

「俺」

綾坂祭2日目、9時45分。

昨日と違い有料の立見席が増設され、それでも客が入りきらず、廊下に長蛇の列ができている1‐Aの教室。

息を切らしながら登校したことりが話しかけてきた。

「ちょっと話したいことがあるんだけど、いいかな？」

長年双子をやってきたからわかった。

客の前だから笑顔を作ってるけど、妹はこれ以上ないくらい怒ってる。

その原因は――一枚の絵画。

教室の壁に立てかけられた特大のキャンバス。

大人の身の丈ほどもある画版の前には、バニーメイドに作業エプロン姿の綺奈。

ライブペインティング。

これが封印していたプランであり、1‐Aの切り札だった。

綺奈が額に汗を浮かべ、一心不乱に筆を動かして描いているのは、翼の生えた少女。

天使。

薄い衣を一枚だけ身にまとった御使い。

裸体ではないけど、あきらかに半裸体。

けれど卑猥さはない。

あるのはただ神々しいまでの美しさ。

朝比奈さんを懐柔する方法を考えたときに最初に思いついたのが、『綺奈がライブペインティングをすれば客を呼べる』と提示することだった。

綺奈が模擬店の大きな戦力になるとアピールできれば、クラス内世論を変えられる。

もちろん飲食店で絵の具の匂いがしたら客から苦情がくるかもしれない。

（けど、綺奈なら不満をかき消すハイレベルな絵を描ける）

今1－Aで描かれているのは、まさにその高次元な芸術。

フォロワー50万越えの神絵師・サバトラ。

さらには世界に名を轟かせた天才少女画家・鈴原綺奈の本領発揮。

「すごすぎっ」

「プロなみ……いや、プロ以上じゃん！」

「高校の文化祭で披露していいレベルじゃねえよ……」

「こんなにすごい絵を描く人が、同じ学校に通ってたなんて」

生徒たちの感嘆が響く。

仕事中のクラスメイトたちも絵画を眺めては見ほれるように息を吐く。

まだ製作途中にもかかわらず、綺奈が描いた天使は人々を魅了していた。

そして、どこか。

天使の顔は俺の目の前にいる少女に似ていて——。

「庵？」

「わかった。場所を変えよう」

痺れを切らしかけたことりに返答してから、一度店を抜け出し、こっそり屋上へ。

そして、屋上のドアを閉めた後で、

「何考えてるの!?」

11月の青空の下。

笑顔の仮面をはぎ取った妹は怒りをぶつけてきた。

「自分がモデルにされたことに怒ってるのか？　鈴原さんが言ってたぞ。許可は取った、ことりちゃんは私のためならなんだってしてくれます、って」

「違う！　自分のセミヌードが教室で描かれてることに怒ってるんじゃない！　ベスカプコン1位になった私をモデルにするのは名案すぎるもん！　インパクト満点で拡散されやすいし、芸術作品ってことにすれば教師も中止にはできない！」

「プランには納得してるんだな」

「正直めちゃくちゃ恥ずかしいけど、一応ヌードじゃないし、あそこまで芸術的に描いてもらえるのならむしろうれしいくらいだしね！　てか発案したのは絶対庵でしょ!?　ここまで計算されたプラン庵しか思いつけないもん！」

「ことりをモデルにしたいって言ったのは鈴原さんだよ」

なんでも一緒にスタバに行ったときことりを描きたいと思ったとか。

大丈夫です、裸は目に焼き付けておきましたので！　とも言ってたけどさ。

「ライブペインティングを発案したのは、俺だ」

「信じられない……綺奈ちゃん、前にＬＩＮＥで言ってたんだよ？　『絵画は色々と辛くて描けません』って！　俺だってそのことわかってたんじゃないの!?」

「それでも俺は鈴原さんの——綺奈の意思を尊重したかったんだ」

綺奈は絵画を描くことにトラウマを抱えていた。

実際今朝早めに登校して、美術部で西野さんから筆やキャンバスを借りて練習として何か描こうとしたけど、顔面蒼白になっていた。

俺が一緒にいれば絵を描ける気がするって１日目の屋上で言ってたけど、トラウマはそう都合よく克服できるものじゃない。

それでも、

『お願いです、描かせてください。大変なのは描き始めるまで。一度描き始めたら、気になりません。自分も、周りも、何もかも。絵しか見えなくなります。そういう風に育てられてきましたから』

その言葉通り、絵を描き始めた綺奈は客が来てもまったく気にしなかった。

昨日悪評が流れたせいで、ソロギャルの様子を一目見ようと来た野次馬（アンチ）もいたっていうのに。

まるで教室に自分一人しかいないみたいに、一心不乱に筆を動かした。

周囲の景色を、そして過去のトラウマを忘却するほどの集中力。

あれなら大勢の客の前でも描き続けられるはずだ。

「無理して描いてるのは変わりないでしょ！　途中で倒れたりしたらどうするの!?　庵は綺奈ちゃんのことが――」

「心配に決まってるだろ」

「だ、だったら……なんで？　こんなの庵らしくない！　いつもの庵ならもっと綺奈ちゃんを……周りを気づかってたはずで……！」

「全部ことりの言う通りだ。けど、それでも俺は綺奈の気持ちを肯定したい。尊重してやりたい。ただ素直に……エゴイスティックに、そう考えたんだ」

「………っ⁉」

「憶えてるか？　そういう考え方を俺に教えてくれたのは、ことりだよ」

忘れない。

忘れるわけがない。

一度綺奈との同居が解消されたとき、ことりは落ちこんだ俺をはげましてくれた。

『もっと素直になってもいいと思うな』

あの言葉が、街川庵を救ってくれた。

『他人の顔色を読んで行動するだけじゃなくて、もっとエゴイスティックになっていい』

綺奈とルームシェアを再開する。

その勇気を持てたのはことりの言葉が背中を押してくれたからだ。

『たとえ本物の陽キャじゃなくても、エゴイスティックになっても、庵なら誰とだって心を通わせられるよ！』

消えかけた自信という名の火種を燃え盛らせてくれたんだ。

だから――。

「ことり」

無傷な左の手を妹の肩に置いてから、言葉を伝える。

「おまえももっと自分に素直になっていい」

「えっ……!?」

「わかるよ。ことりはずっとクラスのリーダーでいてくれてた。『いい子』でいてくれてた。それってきっと、俺がいじめられてたせいだろ？」

「それは……」

「すごく感謝してる。ことりがいいクラスを作ろうと努力してくれたおかげで、いじめられた俺でも楽しい学校生活を送ってこれたんだから」

「俺……」

「それだけじゃない。ことりは10月にも俺に優しい言葉をかけてくれた。素直になっていいって教えてくれた。あの言葉のおかげで、今の俺がいるんだ」

だけど。

あんなアドバイスを送りつつも、ことり自身もエゴイスティックに——自分の気持ちに素直になることに不安を感じてたんだと思う。

わかるよ。

偽陽キャと天然陽キャ。

性格は全然違うけど、それでも俺たちは似た者同士。

一緒に育った、双子なんだ。

「……たしかに、庵の言う通りかもね」

ことりは静かにうなずいた。

「私は完璧なクラスを作ろうとした。みんなのために絵本みたいな平和な場所を作ろうとしたの。自分の気持ちに素直にならずに、『いい子』で居続けようとしてた。本当の私は……すごく、醜いから」

「醜い？」

「そうだよ！　だから子供のころに言われた『庵くんがいじめられてても気にせず遊んでたじゃん！』って言葉を忘れられない！　私は！　堀内ことりは！　双子の兄が虐げられてたのに気づけなかったひどい人間で……！」

「違う。本当にひどいのは、ことりに無神経なことを言った誰かだ」

ああ、そうか。

ことりも一緒だったのか。

子供のころに言葉で刺された傷。

俺や綺奈(あやな)と一緒で、ずっとその痛みに苛(さいな)まれていた。

「ことりが醜いんじゃない。ずっとその痛みに苛まれていたせいで、自分が醜いと思いこんでるだけだ」

「そ、そんなことは！」

「俺が一番よく知ってる。本当のことりも優しい。だから醜いなんて言って自分を否定しなくていい。もっと自分を肯定していい。自信を持って、誇っていい。最初は難しいかもしれないけど、大丈夫」

一番伝えたい言葉を。

告げる。

昨日は、血がつながってないっていうのはことりの思い違いかもしれないなんて思ったけど、それはきっと怖かったからだ。

本物の兄妹じゃないとしら、俺たちの関係が変わってしまうかもしれない……って。

でも――今はことりの言葉を信じたい。

だって、街川庵(まちかわ)は――。

「たとえ血がつながってなくても、俺はおまえの兄貴だ」

「陰キャでいじめられっ子だった俺でも自信を持てたんだぜ？　双子のことりも、きっとできる。そんな風に俺は信じてる」

「っ」

「……あはは。プレッシャーかけるじゃん」

「ことりの性格的に誰かに頼られた方が力を発揮できるだろ？　だからさ。ちょっとずつでいいから自分を肯定してほしい。自分を信じて、もっと素直になっていい。全部一人で背負いこまずに、俺のことだって頼っていいんだ」

「どうして、そこまで言ってくれて……」

「――ばか。ことりが俺にとって大切な人間だからだよ。それ以外に理由が必要か？」

心の痛みを分かち合って、共有する。

誰かを頼って、胸の内を打ち明け、信じ合って、認めてもらう。

きっとそれが言葉で刺された傷の癒やし方。

「ホントに？」

ことりは消えりそうな声でつぶやいた。

「私、みんなのことを平等に好きになろうとしてた……。醜い私が『いい子』になるには、みんなに好かれるには、そうしなきゃって思ったの」

まるでホラー映画におびえる幼子みたいな不安そうな表情。

「誰か一人だけを好きになったらいけないんだってずっと思ってたし、今でも思ってる。なのに、ホントに素直になっていいの？　エゴイスティックになっても……お兄ちゃんは、私を嫌いになったりしない？」

「当たり前だろ！」

ことりの言葉を信じるなら、俺たちは双子じゃない。

けど、それがどうした？

「嫌いになんかなるわけない。たとえ本当の兄妹じゃなくても、俺たちはつながってる」

「……っ」

「血のつながりは消えたとしても、15年間ことりと一緒にすごした記憶は消せやしない！　ことりの声、ことりの優しさ、ことりの笑顔に、ずっと支えられてきたから！　ことりは俺の大切な家族(いもうと)だ！」

「い、庵(いおり)……！」

「俺は、ことりが大好きだよ」

かざらない言葉を伝える。

ことりは。

たった一人の妹は。

瞳を潤ませつつも、ただまっすぐに俺を見つめ、はっきりと――。

「私も庵のことが大好き！」

叫んだ。

そして想いを伝えるように、桜色の唇で言葉をつむぐ。

「でも違うの！　庵の好きと、私の好きは全然違う！」

「……っ。俺は——」

「言わなくていい！　わかるよ!?　15年間双子やってきたんだもん！　庵が言いたいことはわかる！　庵って頭いいもん！　だから昨日私が泣いてる姿を見て……私の気持ちを悟っちゃったんだよね？」

「………」

「私が庵に恋してるって気づいちゃった！　兄妹じゃなくて異性として好きだって知っちゃった……。だから、もう庵の中で答えは出てるんでしょ？」

そうだ。

たとえ血のつながった兄妹じゃなくても、俺はことりの本物の恋人にはなれない。

俺の好きと、ことりの好きは違う。

俺や誰かを守るためにたった一人の特別を作ることを拒絶し続けてきたことりが、素直に、エゴイスティックに、本音を伝えてくれた。

だからこそ嘘はつきたくない。

想いを打ち明けてくれたことりに真摯に向きあいたい。

片腕だけで、ことりの体を抱き寄せる。

昨日は拒絶された。

——恋人ごっこはもうおしまい。

双子の片割れはそう言って俺の体を引き離した。

「俺、俺、俺ぃ……！」

けれど、今日は違った。

細い指がすがるように俺のシャツをつかむ。

痛めた方の腕を刺激しないように、ことりは体をあずけてくる。

「あっ——」

そして、静かに。

ことりの瞳から涙がこぼれ落ちた。

透明な雫を隠すように、ことりは俺の胸に顔をうずめて——泣いた。

歌うことを禁じられたカナリヤみたいに、必死に声を押し殺しながら、ただ自分の感情を伝えてきた。

応えるように、頭をなでる。

誰もいない屋上。

祭りの喧騒が響く中で、俺はただ、義妹の涙を受け止め続けた。

&

ことりとの時間は長くは続かなかった。

俺のスマホに「綺奈が体調を崩した」というLINEが届いた。

急いで教室に戻ると、バニーメイド姿の綺奈が力なく床に座りこんでいたけど、

「おばか〜！」

事情を聞いた途端、綺奈に駆け寄ったことりが叫んだ。

「『大丈夫です。少しお腹が空いただけなので』って何⁉　ちゃんと朝ごはん食べたの⁉」

「うっ、ごめんなさい。久しぶりに絵画を描く緊張であんまり……」

「栄養採らなきゃダメでしょ⁉　これだけクオリティの高い絵を描いてたらカロリーたくさん使うもん！　とりあえず何か食べなさい！」

「でも、今は絵を描かなくちゃ——」

「食・べ・て！　庵！　庵のことだから営業戦略のために他の模擬店全部リストアップしてるでしょ!?　ハイカロリーなごはん売ってるのはどこ!?」

「2－Cのケバブ、1－Bのどんぶりプリン、サッカー部のビッグバーガーかな？」

「よし！　誰か今庵が言ったの買ってきて!?　お金は文化祭予算から出すから！」

「あの、私は本当に大丈夫で……」

「大丈夫じゃないよ！　綺奈ちゃんは1－Aの一員！　みんな綺奈ちゃんを信頼して、必要としてる！　もちろん私も！　だから倒れられたら困るの！　綺奈ちゃんが私一人にがんばらせたくないって言ったのと同じで、私だって綺奈ちゃん一人にがんばらせたくない！　一緒に綾坂祭を楽しみたいの！」

「ことりちゃん……」

「ね？　庵だってそうでしょ？」

「ああ、もちろん！」

「食事は俺に任せろ。脚力には自信があるし、時間はかからん」

「ありがと大吾くん！」

「あたしはインスタで宣伝続けていい!?　ちょーえぐいの！　綺奈さんが絵を描いてる動画アップしたら、フォロワー1万から10万に爆増したんですけど!?　海外の綺奈さんファンが拡散したみたいで鬼バズしてて……やっぱ綺奈さん神すぎ～！」

「すごいじゃん萌果！　あ、でも宣伝に集中しすぎないようにしてね？　お腹空いたらしっかりごはん食べて！　お野菜も忘れずに！　栄養大事！」

「オカンかおまえは。てかどうする？　鈴原が絵を描けない間は集客落ちるんじゃ——」

「大丈夫！　俺なら綺奈ちゃんが休憩したときのプランも考えてるはず！」

「当然！」

「どんだけ息ぴったりなんだよバカップル……ってなんだこれ？　黒髪のウィッグ？」

「演劇部から借りてきたんだ。充哉はそれ被って廊下に立ってて？」

「は？　なんでだよ。この金髪気に入ってんのに——」

「待って!?　まままさかの黒髪松岡くん!?」

「普段の金髪とギャップ出てガチ似合いそう！」

「中身ヤリキンでも黒髪なら清純男子に見えるし、女性客たくさん釣れるんじゃ……！」

「——よっしゃ！　今日だけはブラック充哉様が接客してやるぜ！」

「お願い！　それと、みんなにＬＩＮＥ返せなくて本当にごめん！　遅刻した分も、接客シフト増やすから補わせて!?」

頭を下げて謝罪してから、ことりは叫ぶ。

いつもの天使でいい子な笑顔じゃない。

けど、それでも、思わず力を貸したくなるような真摯な表情で、

「こんなに素敵な絵を描いてくれてる綺奈（あやな）ちゃんのためにも、絶対みんなで模擬店1位を取りたいの！」

その姿に、クラスメイトたちが笑顔で呼応する。

きっとみんな、遅刻してきたことりを心配してたんだろう。

だからこそことりの言葉に応えて、高らかに拳と声を上げて一致団結。

状況を見守っていた客席からも感嘆の声が。

（よし）

これで綺奈の悪評は消えていく。

怪我（けが）をした俺と、恋人役を演じていることりが、綺奈と一緒に仲良く店を回す。

それが悪評を打ち消す一番のアピールになるって思ったんだ。

悪評がSNSであっという間に広まったように、それを打ち消す新たな情報も爆発的な速度で広まる。

俺が二股をかけたなんてウワサもあるらしいけど、それも消えてくれるはず。

そして、文化祭が終わったら、今夜——。

（告白するんだ）

綺奈に。

たとえ結果がどうなろうと、親友に自分の気持ちを打ち明ける。

「庵(いおり)」

と、俺の元に駆け寄ってきたことりが目配せ。

――ここらで一回、恋人アピールしとかない？

――いいのか？

――さっき聞いたんだけど、庵が私たちに二股かけてるってウワサもあるんでしょ？

それを払拭するためにもさ。

――悪いな妹。

――いえいえ。兄の悪いウワサが流れるのは嫌だしさ。

血縁はなくても通用する双子アイコンタクト。

同時に罪悪感。

さっき告白を断った俺のことを気づかってくれるなんて。

やっぱりことりは強くて、優しい。

街川(まちかわ)庵にとって自慢の妹で――。

「そういえば、庵が私と綺奈(あやな)ちゃんに二股かけてるみたいなウワサもあるらしいけどさ。

もちろんそんなことないよ？」

けれど、堀内(ほりうち)ことりは。

15年間一緒にいた兄ですら予想していなかった行動に出た。

「俺は——誰にも渡すつもりないもん」

キス。

ベスカプコンで見せたような頰へのキスじゃない。

身長差を埋めるように背伸びをして、細い腕を俺の首に回し、しっかりと愛情を伝えるように、くちづけをかわす。

2秒以上のキスをする。

「大好きだよ、俺」

キスを終えた後で。

告白でもするように言ってから、俺にしか聞こえない声でささやく。

「——ありがとう。エゴイスティックになっていいって言ってくれて。おかげで、あきらめないって気持ちになれたよ」

おいコラ妹。

それってどういう感情だ？

そんな風に訊ね返そうとしたが、無理だった。

思わず見とれてしまった。

それほどまでに――自分の気持ちに素直になった義妹(いもうと)の笑顔は、可愛(かわい)かったんだ。

「嘘(うそ)でしょ⁉　2日連続キスって！」

「あ、あのことりがここまで大胆なことするなんて……」

「街川(まちかわ)うらやましすぎるんだが⁉」

「うわーん、私も彼ピとああいうキスしたい～！」

様々な声が飛び交う中で、ことりは真っ赤な舌先を悪戯(いたずら)っぽく見せながら微笑(ほほえ)んできた。

いつもの街川庵(いおり)なら、ここで笑っていたと思う。

いかにも照れくさそうな作り笑顔を浮かべて、「まったく、仕方ないなことりは」と偽恋人としての対応を披露。

それが偽陽キャの処世術。

けれど――。

（――嘘だろ？）

笑顔を作れない。

妹から贈られたエゴイスティックな愛情表現に胸が高鳴る。

この感覚を、俺は知っている。

綺奈(あやな)の家に泊まった夜。

親友に恋をしたと確信した胸の昂(たかぶ)りと同じで……いや、待ってくれ、神様。

『恋は病気と一緒。どんなに予防しててもある日突然誰かを好きになっちゃう』

もう一度言うが、嘘だろ!?

祈りもむなしく頭の中で鳴り響くのは昨日のことりの言葉。

つい2ヶ月前まで街川庵は初恋未経験だった。

15年間恋をしたことがないのがコンプレックスで、早く恋がしたいなんて少女漫画みたいなことを願ってたんだ。

そして、綺奈に恋をして、やっと告白する覚悟を決めたっていうのに……。

(こんなのありえない!)

二つ目の恋をしてしまうなんて、い、い、い、い、い。

しかも、よりによってその相手は、さっき告白を断ったばかりの義妹で——。

「よかったですね、ことりちゃん」

教室のお祭り騒ぎと早鐘のような鼓動の中で。

うれしそうに微笑んだ綺奈の声が聞こえた気がした。

第12話　今はまだ

「協定を結ぼう」

綾坂(あやさか)祭から1週間たった日曜日。

都内にあるプール付きの屋内レジャー施設。

いくつかあるプールの一つである流れるプール。

プールサイドに腰かけて、水に入れた足先をぱちゃぱちゃさせながら、黒い水着姿のことりちゃんは言いました。

「どうしたんですか、いきなり」

「少しお話したいなって思って。俺が来るまでちょっとかかりそうでしょ？　まったく俺ってば。女の子を二人も待たせるなんてさ～」

なんて言いつつも、ことりちゃんはどこか誇らしそう。

俺くんから来たＬＩＮＥによると、更衣室で水着に着替えていたら近くにいた小学生がお財布を失(な)くして困っていたとか。

それを一緒に探しているとのことで、私たちはプールサイドに腰かけて待つことになったわけですが、

「庵（いおり）くんらしいですね」

「あはは、ホントホント。打ち上げに来てまで人助けしちゃうなんてさ」

そう、今日ここに来た理由は、打ち上げ。

文化祭2日目、見事私たち1－Aは模擬店ランキングで1位を獲得。

その日のうちにカラオケで打ち上げ兼祝勝会。

クラス全員入る大部屋ではなく、仲の良いメンバーで別れることになったのですが、なんと私は松岡（まつおか）組と同室。

(カラオケなんて生まれて初めてでしたが)

忘れられない思い出になりましたね。

歌うのは苦手ですが、ことりちゃんや西野（にしの）さんがデュエットしてくれて助かりました。

それにクラスのみんなが実行委員の仕事をねぎらうために、代わる代わる部屋を訪れてくれて、お話しすることもできて。

さすがに全員と友だちになることは無理でしたが、陰キャぼっちな私からしたら大進歩。

(お祭りが始まる前は緊張してたのに、終わったらなんだかさびしい)

あんなに胸が高鳴ることなんてしばらくは……いえ。

もちろん庵くんとことりちゃんが二人で行ったこのレジャーランドにお呼ばれしてしまったことにはどきどきしてます。

ことりちゃんいわく「私たち三人だけの打ち上げがしたい！」とのことでしたが、

「ところで、協定というのは？」

「――ごめん」

ことりちゃんは、ひどく申し訳なさそうに告げてから。

「私、綺奈ちゃんを応援するって言ったでしょ？　でも、私……庵のことが好き」

「ことりちゃん……」

「ダメだった。なんとかあいつへの気持ちを吹っ切ろうとしたけど、できなかった。本当にごめんなさい」

深々と頭を下げてきました。

きっと今までの鈴原綺奈だったら。

ここで一歩引いて、自分の恋をあきらめていたと思います。

――私なんかより、ことりちゃんの方が庵くんにふさわしいですよね。

ことりちゃんは私とは正反対の存在。

明るくて友だちが多い文武両道な陽キャガール。

天使みたいに可愛い女の子なんですから。

(けれど、今の私は昔と違う)

庵くんが私に自信をつけてくれたんです。

親友の努力を裏切りたくない。

一緒にすごした時間を無駄になんかしたくない！

「――私も、庵くんのことが好きです」

勇気を出して告白しました。

これで私たちは、恋敵。

（ひょっとしたら）

これからは敵になるから、最後に遊んでおこうとことりちゃんは私を呼んだのかも……。

「ありがと～！　本音を言ってくれて！」

私のネガティブな考えを、天真爛漫な笑顔が吹き飛ばしてくれました。

「同じ人を好きになっちゃったわけだけどさ。私、綺奈ちゃんと友だちでいたいんだ」

「えっ⁉」

「綺奈ちゃんはどう？」

「そ、そんなの決まっています！　ことりちゃんと仲良くしたいです！　私にとってすごく特別なお友だちですから！」

「私も同じ気持ち！　綺奈ちゃんはすっごく特別！　私が自分の恋をあきらめないって思えたのは、綺奈ちゃんが電話で勇気づけてくれたおかげでもあるから！」

ことりちゃんにそう言ってもらえるのは、すごくうれしいのですが、

「でも……いいんでしょうか？」

「何が？」

「恋愛も友情も両立するなんて、普通じゃないような……」

「あはは、たしかに。でもさ、私――もう、いい子でいるのは卒業したんだ」

ことりちゃんの大きな瞳。

そこに映るのは、ゆるぎない決意。

「もっとエゴイスティックになっていい。俺がそう言ってくれた。だから私は自分が欲しいものを全部手に入れる。普通(じょうしき)なんて関係ない。恋も、友情も、どっちも欲しいの」

天使と呼ばれた優等生(いいこ)とは程遠い貪欲さ。

でも、なぜか。

今のことりちゃんは、以前よりもさらに魅力的に見えました。

欲しいものをすべて手に入れると語った彼女は天使らしくない。

だけど――どこまでも、人間らしかった。

「というわけで、綺奈ちゃんとは協定を結びたいの。私と友だち関係継続ってことになったらさ。綺奈ちゃん、俺とのルームシェアを解消しようとか考えそうじゃない？」

「うっ」

「図星だったか～」

「だって私だけ毎日彼と一緒なのは、なんだか公平じゃないというか……」

「だいじょーぶ。むしろ妹として綺奈(あやな)ちゃんには庵(いおり)と同居してほしい。あいつ、親友と同居できてホントにうれしそうだったからさ。一緒にいてあげてよ？」

「いいんですか？」

「もちろん！　それに庵のエリート人たらしっぷりは知ってるからね～。綺奈ちゃんもあいつがいない生活には戻れないいんじゃない？」

「そ、それは……」

頬(ほお)が紅潮するのを感じつつ、こくんとうなずきます。

……まさか片想(かたおも)い相手と恋敵の同居を許してくれるなんて。

私たちが一つ屋根の下で暮らすのはことりちゃんにとって頭の痛い話なのでは？

「その代わり、私も庵との恋人ごっ、こ、こ、こを続けたい、い、いんだ」

「………っ！　なるほど。協定とはそういうことですか」

「そう。庵と同居するのは綺奈ちゃんにとってかなりのアドバンテージ。だからこそ私だけのアドバンテージが欲しいの」

「言いたいことはわかります」

恋人ごっこをしていれば、堂々と庵くんにアピールできますからね。

前までは過度な接触は控えていたようですが、

（この前のキスみたいに、大胆な接触をする可能性も十分あります）

ことりちゃんは庵くんの義妹ですごく仲良し。

おまけにとんでもなく可愛い。

偽恋人の存在は私にとって脅威以外の何物でもありませんが……。

「その協定、乗りましょう」

「おおっ。判断速いね」

「正直ことりちゃんが恋人役を務めてくれるのはとても助かります。庵くんはエリート人たらしであるのと同時に、天然女たらしマシーンでもありますからね」

「わかる！　それすっごいわかるよ～！」

「あれは絶対野放しにしちゃいけないタイプです」

「誠に同感であります！　任せてライバル？　私がこれ以上恋敵が増えないための防波堤になる！」

「恋人役、お願いしますね」

私は同居という特大のアドバンテージをもらってるんです。

だとしたら、恋人として振る舞ってもらうくらいじゃないと不公平な気がしますし。

「はあ～……よかったぁ。協定を断られたらその時点で私の負け確だったもん」

「？　どうして……ふひゃ!?」

　突然ことりちゃんが人差し指で私のお腹をツンとつつきました。

　友人は頬を可愛らしくふくらませながら、

「こんなにスタイルよくて綺麗な女の子が庵と同居してるんだよ!? しかもあなたは庵の親友！ フォロワー50万越えの神絵師で世界的に有名な画家さん！ 普通に戦ったら勝ち目ゼロじゃん!?」

「いえ、そんな……」

「そのビキニもすっごい似合ってるもん。気づいてた？ さっきから何組もの男子グループが私たちを遠巻きに見てる！ 絶対ナンパ狙い～！」

「それはことりちゃんが可愛いからですっ。その大人っぽい水着はずるいです」

「ずるいって何さ!?」

「前にランジェリーショップに行ったときも思いましたが、清楚さフルスロットルなあなたがセクシーな衣装を身に着けるのは反則です」

「正々堂々おこづかいで買った一張羅なのに！」

「普段とのギャップが出て可愛いすぎるって意味ですよ！ というか下着を見たときも思いましたがことりちゃんって、えっちですよね！」

「なっ」

「前にもティーンズラブ漫画が大好きって言ってましたし、実はかなりのむっつりさんなのでは？」

「だ、大好きとは言ってないよ⁉　よく読んでるって言っただけ！　それにえっちなのはあなたも一緒でしょサバトラくん！」

「ぐっ」

「おセンシティブなイラストをSNSに何十枚もアップしてるじゃん。あれってもしかして俺に気に入ってもらうために――」

「断じて違いますっ！　あれは私の趣味です！」

「趣味か。なんだ。やっぱりえっちなんじゃん」

「〰〰〰っ⁉　……教室であんな大胆なキスをしたお口でよく言いますね」

「あ、あれは綺奈(あやな)ちゃんと俺が屋上でキスしてたのがうらやましかったから、つい……。それに片想(かたおも)い相手が超絶美人と同居してるんだよ⁉　あれくらいのアピールはしとかないと！」

「だったら私だってお家で庵くんにたくさん甘えちゃいますっ」

「上等ぉ！　来るなら来い！　偽恋人パワーを見せてやる！　学校にいるときやデート中に俺のことい－っぱい甘やかしちゃうもんね～！」

　互いに息を切らしながらつい赤面するような言葉を交わした後で、
　まるで示し合わせたみたいに、

「「ふふっ」」

　私たちは笑い合いました。

「あーあ。なんか不思議。この前まで恋愛なんてしてる暇はないって思ってたのにさ。こんな話ができる女友だちができるなんて」

「私も不思議ですよ。学年で一番可愛(かわい)い陽キャさんとこんなお話をしてるなんて、昔の自分に言っても絶対に信じません」

「やっぱり、綺奈(あやな)ちゃんと友だちになれてホントによかった」

「ありがとうございます。私も心の底から同じ気持ちです」

「お互いがんばろうね？」

「ええ。オープンオタクくんを攻略しましょう」

　もちろん未来はわからない。

　私たちのどちらかが庵(いおり)くんの恋人になるかもしれないんです。

　もし自分が選ばれなかったらと思うと、すごく怖い。

　この先ことりちゃんとケンカしてしまうことだってあるかもしれません。

　それはことりちゃんだってわかってるはず。

（けど、今は——）

　この恋愛感情を共有(シェア)できる人がいてくれることが、素直にうれしい。

改めて、ことりちゃんと引き合わせてくれた庵くんに感謝ですね。

「あ、そういえば。そろそろ教えてくれませんか？」

「何を？」

「庵くんを好きになったきっかけですよ」

今までずっと異性として意識してなかったのに、今年の5月に恋に落ちるなんて。

しかもことりちゃんいわく、庵くんはワイルドで格好いい人で……。

「あれ!? ことり!?」

聞き覚えのある声が響いて体が硬直しました。

手を振りながら歩いてきたのは、以前庵くんをいじめてた相手。

たしか名前は、山岸。

(そういえば、電話したときもプールに行く計画を立てていると言っていたような……)

まさかここで鉢合わせするとは。

私を一瞥しつつ、山岸は実に馴れ馴れしくことりちゃんに話しかけます。

「わかる!? 同小だった山岸！」

「わっ！ 久しぶりだね～！」

「おう！ 最初はわかんなかったよ。おまえ、すっげえ可愛くなってたからさ」

ほめてるつもりでしょうが。

あからさまにことりちゃんのお胸に目をやった後にその台詞はどうかと思いますよ。

「可愛くなりすぎてて驚いた。そんなに可愛いなら、彼氏とかいんだろ？」

「あはは、残念ながらいないや」

「えっ、マジで⁉」

私も少し驚きました。

（いっそ『恋人はいる』と嘘を言ってしまえばよかったのでは？）

そうすれば山岸を追っ払えたのに……とことりちゃんを見つめると、彼女の笑顔は少し強張っていました。

まるでヒナを外敵から守る親鳥みたいに。

（ひょっとして、緊張してる？）

相手は庵くんをいじめてた不良。

ことりちゃんの性格的に庵くんと会わせたくないと考えるはず。

庵くんを守りたいと思うあまり緊張して、恋人がいるって嘘を言えなかったんじゃ。

「ならオレらと遊ばね⁉　男友だち何人かと来ててさ！　今から合流しようぜ！」

「でも、私は……」

「せっかくプールに来てるんだからさ。女だけで遊んでてもつまんねえだろ？」

あまりにも無神経すぎる発言が頭に来ました。

ただ、私が勇気を振り絞って抗議をしようとする前に、

「ほら、行こうぜ！」

山岸が太い腕でことりちゃんの右手首をつかんで——。

「やあ」

にこやかな声。

やってきたのは膝上丈の水着と右腕に防水用のカバーを付けた庵くん。

「い、庵!?」

兄の登場に焦った様子でことりちゃんから手を放す山岸。

しかし、その視線が庵くんの右腕を捕らえると、

「ギプスしてっけど、腕やっちまったのか？」

「この前ちょっとね」

「——へえ。そりゃあついてねえなぁ」

あきらかに山岸の態度が大きくなりました。

ひょっとしたら彼をいじめていたころを思い出したのかも。

——昔は弱っちかったし、強気に出りゃビビる。電話で恥をかかされた借りを返せる！

(だとしたら、マズい)

以前聞いた会話では、山岸は柔道をやっていて、大会でも好成績を残した実力者。

怪我した俺くんじゃ勝てるわけありません！

「今オレ、ことりと話してんだけど？」

「そうみたいだね」

「つーか、そこのギャルは彼女じゃなかったのか？　彼女とのデートに妹同伴ってどうなんだ？」

「俺が誰とプールに来ようとそっちには関係ないんじゃないかな？」

「………っ！　調子乗んなよ？　昔はオレにさぁ」

頭上がんなかっただろうがっ！　と叫ぶのと同時に、山岸の右腕が俺くんの肩に伸びていました。

おそらく突き飛ばそうとしたんでしょうが、

「っ!?」

山岸の表情が驚愕に歪む。

最小限の動作で、俺くんは体を横に逸らして攻撃を回避。

その後でカウンター。

しかも、ひびの入った右腕で。

「うおわあっ!?」

まさか怪我した方の腕で殴りかかってくるとは思ってなかったんでしょう。

山岸(やまぎし)は大きく後ずさって、弧を描くような大振りの右拳を回避。

けれど、庵(いおり)くんは止まらない。

右フックを空振りした勢いそのままにくるりと体を独楽(こま)のように回転。

その回転力を利用して、左脚による後ろ蹴り。

あきらかに手加減が加えられた蹴りでしたが、後ずさったせいでプールの淵(ふち)ギリギリに立っていた山岸にとっては致命傷。

「！」

ひょっとして、最初の空振りはわざと？

あえて山岸をあそこに立たせるために誘導した？　と推測した瞬間、派手な水音。

蹴りを喰(く)らった山岸の体が流れるプールに落下(どぼん)。

「ぶはぁ!?　て、てめえ！」

表情を憤怒に染めた山岸がプールサイドに上ろうとしましたが、

「――オイ、ナンパかませ犬」

今まで聞いたことのない声色。

水に落ちた山岸を見下ろす庵くんは笑っていました。

けれど、あきらかにいつもの笑顔じゃありません。

学校での人懐っこい表情とはまるで逆。

他者の戦意を喪失させるほどに冷たい笑顔を作りながら、

「二度とその汚い手で、ことりに——俺の妹に触るな」

「ひっ⁉」

「返事は？」

「すっ、すみま……いえ……も、申し訳ありませんでしたっ」

「うん。ありがとう。あっ、ことりたちはジュースでも買いに行ってて？」

俺は事情を説明するから、といつもの笑顔で言う庵くん。

彼の視線の先にはこちらに走ってくる女性スタッフの姿が。

きっとケンカだと思って駆け付けたんでしょうが、

「行こ」

「えっ、でもっ」

「だいじょーぶ。庵ならうまいことごまかしてくれる」

私の手を引いて去ろうとすることりちゃん。

しかし、何かを思いついたように足を止めて、

「悪いね、山岸くん。私、恋人はいないけど——好きな人はいるんだ」

実ににこやな笑顔で言い放ってから、軽食エリアへ。

そして、ジュースの自販機前まで来たところで、

「何ですか今のは!?」

私は疑問をぶつけていました。

「あー、初めて見た？　庵(いおり)のあれ」

「は、はい。まるで格闘技みたいな動きをしてて……」

「みたいじゃなくて格闘技。憶(おぼ)えてる？　スタバでの会話。私が好きな人について『誰かを守るために努力してる』って言ったこと」

もちろん憶えています。

たしか「その人を見てると自分も元気をもらえて、つい力になってあげたくなる」とも言ってましたけど……。

「庵って小5から中3まで道場に通ってたんだよ」

「道場って……空手とか？」

「そう。その道場、空手だけじゃなくて実戦的な護身術も教えててさ。庵って努力家でしょ？　だから空手だけじゃなくて街中で襲われたときに相手を制圧する方法とかもがんばって練習してたの」

そういえば。

前に私がソファに押し倒されたときも、やけに鮮やかに重心を崩されて、文字通り制圧されてしまった気が。

「でも！　前に松岡くんが『俺にだけは絶対ケンカさせちゃダメだ』って……！」

「それには理由があって。聞いたことない？　充哉くんが引ったくりを捕まえたって話」

あれって実は俺のお手柄なんだ、と。

アップルジュースを電子マネーでお買い上げしながら、ことりちゃんはスマイル。

「今年の5月に、私と俺と充哉くんの三人で歩いてたとき。駅でおばあさんが引ったくりにあったんだけど、最初に犯行に気づいたのは私だったの」

「ことりちゃんが？」

訊ねると、ことりちゃんは話してくれました。

ことりちゃんが盗られたハンドバッグを取り戻そうとしたこと。

走って犯人に追いついたけど、突き飛ばされて倒された。

それでもなんとか逃がさないように足首にしがみついたら、殴られそうになって……。

「そこで追いかけてきた俺が犯人の顔に飛び蹴りかましてた。そのままマウントポジションで乗っかって、戦意喪失するまでボッコボコに」

「えっと、さっきみたいな顔で？」

「うん。その後やってきた駅員さんに犯人を引き渡したんだ。相手は引ったくりの現行犯ってことで俺はお咎めなし。むしろお手柄高校生って感じになったんだけど、充哉くんがドン引きしちゃってさ」

「その気持ちはわかります」

「『おまえみたいな人畜無害さわやかマンがいきなり人間モグラ叩きするとか怖すぎんだよぉ！　空手やってたことは誰にも言うな！　犯人捕まえたのも俺ってことにしろ！』って言ってきて」

「その気持ちもわかります！」

「でもさ！　俺は何も悪いことしてないよ⁉　駅員さんや被害に遭ったおばあさんにすごく感謝されたし！　殴られそうになった私だって助けてくれた！」

目を輝かせながら兄のお手柄を語ることりちゃん。

「『二度といじめられないように体を鍛えたい、誰かが自分みたいにいじめられたときは守ってあげたい』って理由で空手を習い始めたから、その努力が報われてホントによかった！　俺はがんばったの！　すっごくえらいよね⁉」

ああ。

スタバで言っていた『ワイルドで格好いい』っていうのはこういうことだったんですね。

いつも優しい兄の意外な一面。

その姿に、ハートを打ち抜かれてしまったんでしょう。

ただ、普段は見せない姿にきゅん死してしまう気持ちは、ものすごく共感できます。

（俺くんのことですから、体を鍛えたのは柔道をやってた山岸に対抗するためでもあったんでしょうね）

もしさっきみたいにことりちゃんがからまれたときに、守るために。

「お待たせ」

小走りでやってきた俺くんは、すっかりいつもの調子に戻っていました。

「大丈夫でしたか？」

「『ふざけて遊んでただけなんです』ってごまかせたよ。山岸も同意してくれた。二度とことりには手を出さないって誓ってくれたし」

「間違いなく俺くんに恐れをなしたんだと思います」

「すごかったよさっきの～！　俺のことだからちょうどプールに人がいなかったことも確認して落としたんでしょ⁉」

興奮気味に語ってから、ことりちゃんが俺くんの左腕に……んんんっ⁉

「さっきの俺、かっこよーって感じだったよ？」

照れくさそうにはにかみながら、ぎゅっと。

黒いビキニに包まれたお胸を押し付けるように抱きついて……。

「この前フラれちゃったけどさ、俺のこと……やっぱり好き。好き。好き。大好き」

この前フラれた⁉

初耳なんですが！

「えへへ、助けてくれてありがと～。改めて思ったよ。双子じゃないってわかったときはすごくショックだったけど、結果的によかったなって。義理の妹なら、お兄ちゃんの恋人になれるもん」

ことりちゃんが見たことない顔してますー⁉

なんていうか、私が手っ取り早くいいねが欲しいときに生産するイラストみたいな、『女』って感じを全面に出した甘い表情で……！

（い、いえ、落ちつけ私）

清楚で朗らかで理知的なことりちゃんのことです。

水着で抱き着くなんて恥ずかしくて私には絶対できないアピールですが、きっと庵くんをからかってるだけで……。

「そうだ。プールで遊んだら、久しぶりに家に来ない？　なんならお泊まりする？　さっきのお礼がしたいから……庵が好きなの、なんでもリクエストしていいよ？」

「ことりちゃんっ！」

恋敵の猛アプローチに、さすがに黙っていられませんでした。

「さすがに『なんでも』は……！」

「ふふ。誤解しないで？　家でお料理ご馳走したいなぁって思っただけだよ～」

「……本当に？」

「ホントホント！　なんなら綺奈ちゃんも一緒にお泊まりしよ!?　リクエストあればご馳走するから！」

俺くんの腕を離してから、いつも通りのエンジェルスマイルを浮かべることりちゃんですが、油断はできません。

以前だったら考えられないくらい、素直に俺くんと触れ合っています。

恋愛なんかしてる暇はないってずっと抑え込んでた感情が絶賛燃焼中なのかデレデレ甘々なスキンシップ。

でも、今まで見たことがない甘えっぷりが、すごく可愛くて——。

（まあ、俺くんなら大丈夫でしょうが）

たとえ義妹だとわかった後とはいえ、いつもの余裕を崩すことはないはずです。

「ま、まあ、ことりの料理は楽しみだし、久しぶりに泊まるのもいいかもね……」

なんですかそのぎこちない作り笑顔は!?

これじゃ甘々スキンシップがしっかり効いているみたいな……！

「ねえ、ＩＯＲＩ？」

ぷくっと膨れ上がったヤキモチを隠すみたいに。

ついサバトラモードで、庵くんを問い詰めていました。

「ことりちゃんに聞いたよ？　格闘技習ってたんだね？」

「あー、まあ、うん」

「引ったくりを倒したこともあるんでしょ？」

「……そこまで聞いちゃったか」

「なんでぼくに教えてくれなかったの？」

親友なんだから話してくれてもよかったじゃん、と上目づかいで見つめる。

庵くんはなぜか気マズそうにそっぽを向いてから、ＩＯＲＩ口調で、

「言ってたじゃないですか」

「は？」

「サバトラさん、暴力を振るう人が嫌いなんですよね？　現実でそういうことする人は軽蔑するって前にＤＭでも言ってました」

「………………」

「山岸と電話した後も『乱暴な言動をする人は大嫌い』って言ってたでしょ？　だから……」

「もしかして、ぼくに嫌われたくなくて秘密にしてたの？」

「う……」

そういうことです……と観念する親友に、私はすぐさま弁解開始。

「嫌いになるわけないじゃん！」

「ホントですか？」

「もちろんだよ！　ぼくが嫌いなのは理由もなく弱い者いじめをする人！　ＩＯＲＩみたいに人助けのために力を使うのはすごくいいことだと思う！」

さっきはあまりの豹変（ひょうへん）っぷりに驚きましたけど。

あれは怒りで我を忘れたんじゃなく、引ったくり犯を倒したときと同じく、ことりちゃんを守るために相手を制圧しようと精一杯がんばった結果でしょうし。

「――そっか。よかった」

ただ、素の口調に戻った庵くんが浮かべた笑顔は、暴力よりも破壊的でした。

私に嫌われてないと知って心の底から安堵（あんど）したスマイル。

いつもの作り笑顔じゃない、本物の笑顔。

（ああ、やっぱり）

私はワイルドよりもキュート派ですね。

ふとした瞬間に見せてくれる親友の気の抜けた表情。

そういうのが、最高に可愛くて——大好きです。

残念なことに。

ことりちゃんみたいに彼に気持ちを伝える勇気はまだありませんが……。


「——絶対、負けません」


「？　どういう意味？」

「秘密です。今はまだ」

照れくささを微笑みでごまかしながら、私は勇気を出して庵くんの左腕に抱きつきます。

驚きながらも頬を染める庵くん。

やるなぁライバル！　といった感じで微笑むことりちゃん。

さっきはお祭りロスになっていたのに、好きな人と触れ合っていることで——。

「えへへ」

胸の鼓動が文化祭以上のお祭り騒ぎを始めるのを、私はただ感じていました。

あとがき

いやコイツらどんだけ○○するんだ!?
○○はあとがきから読む読者さんがいたときのためにぼかしてますが、十年以上作家やっていますが一冊の本の中でこれだけ○○書いたのは初めてな気もします。ただその代償としてあとがきが1ページしかない！　あとがき執筆時間も数時間しかない！
でもたくさん○○書けたからいいのか!?　いっか！　と自問自答しながら今現在キーボードを叩いて大急ぎであとがきを執筆しています。

では、ここで謝辞を！

担当のMさん。今回も色々と本当にお世話になりっぱなしです！

ただのゆきこ先生。登場人物たちが可愛くて、生き生きしていて、イラストをいただくたびに執筆モチベーションが爆増します。素晴らしいイラストで作品を彩ってくださり、本当にありがとうございます！

MF文庫J編集部の方々。デザイナー様。校正様。この本に関わってくださったすべての皆様に、この場では到底書ききれない、感謝を。

この調子で作品を書いていきたいと思いつつ、3巻があればまたお会いできればと！

あさのハジメ

MF文庫J

誰にも懐かないソロギャルが毎日お泊まりしたがってくる 2

2023年12月25日　初版発行

著者　あさのハジメ

発行者　山下直久

発行　株式会社 KADOKAWA
〒102-8177 東京都千代田区富士見 2-13-3
0570-002-301（ナビダイヤル）

印刷　株式会社広済堂ネクスト

製本　株式会社広済堂ネクスト

Printed in Japan　ISBN 978-4-04-683153-8 C0193

●お問い合わせ
https://www.kadokawa.co.jp/（「お問い合わせ」へお進みください）
※内容によっては、お答えできない場合があります。
※サポートは日本国内のみとさせていただきます。
※Japanese text only

◇◇◇

【 ファンレター、作品のご感想をお待ちしています 】
〒102-0071 東京都千代田区富士見2-13-12
株式会社KADOKAWA　MF文庫J編集部気付「あさのハジメ先生」係「ただのゆきこ先生」係